D1925586

Manfred Mai (Hrsg.)

Fußballgeschichten

Fußball Geschichten

Herausgegeben von Manfred Mai
Mit Bildern von Rolf Bunse

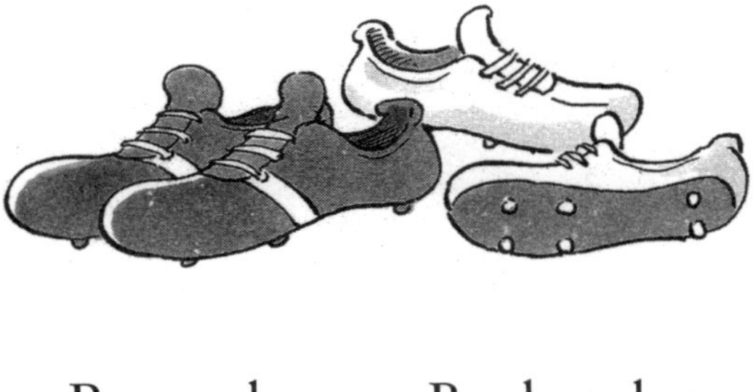

Ravensburger Buchverlag

Bibliografische Information Der Deutschen Bibliothek

Die Deutsche Bibliothek verzeichnet diese Publikation in der Deutschen Nationalbibliografie; detaillierte bibliografische Daten sind im Internet über **http://dnb.ddb.de** abrufbar.

1 2 3 08 07 06

Originalausgabe als Anthologie
© 2006 Ravensburger Buchverlag Otto Maier GmbH

Quellenverzeichnis siehe Seite 191
Umschlagillustration: Rolf Bunse
Redaktion: Sabine Schuler

Alle Rechte dieser Ausgabe vorbehalten
durch Ravensburger Buchverlag

Printed in Germany

ISBN 3-473-34474-5

www.ravensburger.de

Inhalt

Klaus Kordon

Das große Spiel

Die Mannschaften laufen auf. Zuerst die Gastmannschaft, die Jungen vom BC Pankow, sie tragen schwarze Hosen und weiße Hemden und werden lautstark begrüßt. Die Jungen vom SC Nordring laufen in den üblichen schwarz-rot gestreiften Trikots auf den Platz, Burkhard als Kapitän vorneweg. Frank kennt sie alle: Mieke, den Torwart, Hotte, Achim, Benno, Schwarzfuß, Jünne, den dicken Fritze, Karlchen, Uwi und Knacker. Die beiden Ersatzspieler sind Bernie und Hänschen, der nicht so gut spielt, aber immer dabei ist. Auch für den SC Nordring gibt es viel Beifall. „Wie heißt der Meister? Nordring heißt-er."

Frank steht neben Herrn Kroll und dem Hertha-Trainer, der wirklich nicht aussieht wie ein großer Sports-

mann. Die beiden Mannschaftskapitäne geben sich die Hand, wieder Beifall. Der Schiedsrichter wirft eine Münze in die Luft, es geht um die Seitenwahl. Die Pankower gewinnen sie, sie wollen zuerst gegen die Sonne spielen. In der zweiten Halbzeit, wenn die Seiten gewechselt werden, steht die Sonne niedriger und stört mehr.

Die Jungen nehmen ihre Positionen ein. Burkhard, als Rechtsaußen, steht ganz rechts an der Mittellinie. Der Schiedsrichter legt die Pfeife an den Mund, das Spiel beginnt. Es beginnt ganz nach den Wünschen der Nordring-Anhänger. Schon nach wenigen Sekunden bekommt Hotte von Achim, dem Mittelstürmer, den Ball zugespielt. Hotte dribbelt sich auf der linken Seite durch und flankt nach rechts hinüber, wo Burkie sich freigelaufen hat. Aber bevor Burkie an den Ball kommt, drückt ihn einer der Pankower beiseite. Er fällt und schrammt sich auf dem rotbraunen Schlackeplatz das rechte Bein auf.

Der Schiedsrichter entscheidet auf Freistoß. Burkie tritt den Ball. Er „temperiert" ihn. Nicht zu stark und nicht zu schwach hebt er ihn über die Köpfe der Pankower hinweg. Maßgerecht landet der Ball auf Hottes Kopf. Der „nickt" ihn ein. Tor! 1:0 für Nordring.

„Donnerwetter!", staunt der Hertha-Trainer. „Wie der dem den Ball auf den Kopf gesetzt hat! Alle Achtung! Der Junge hat Gefühl im Bein."

„Sag ich ja! Sag ich ja!" Herr Kroll ist stolz. Burkhard Scholz ist seine Entdeckung. Seit drei Jahren trainiert er ihn schon.

Frank hört die Worte der beiden Trainer, sie gehen ihm ein wie Honig. Die Männer sprechen von Burkie, von seinem Bruder Burkhard!

Die Schwarz-Weißen werden stärker. Es gibt kräftige Kerle in diesen Reihen, die nicht viel Rücksicht nehmen. Als Burkie wieder einmal durch ist, säbeln sie ihn einfach um. Die Nordring-Anhänger pfeifen. Auch Frank ist wütend. „Holzhacker!“, schreit er.

In einem Moment, als alle Pankower Miekes Tor bestürmen, gelingt Jünne ein Befreiungsschlag. Sofort läuft alles auf das Pankower Tor zu. Knacker erwischt den Ball als Erster. Er sieht, dass Burkie mitgelaufen ist, und gibt ab. Jetzt führt Burkie den Ball. Geschickt umspielt er ein, zwei Gegner und steht auf einmal allein vor dem aufgeregten Torwart der Pankower. Frank hält die Luft an. Umspielt er den auch noch? Nein, er schießt – daneben. Der Ball fliegt weit am Tor vorbei.

Er hätte den Torwart umspielen müssen. Das weiß sogar Frank. Der Bruder läuft wütend in die eigene Hälfte zurück. Die beiden Trainer finden seine Leistung dennoch beachtlich. Sie sehen sehr zufrieden aus. Frank ist nicht zufrieden. Burkie spielt längst nicht so gut wie sonst. Er ist krebsrot und schweißüberströmt. Seine Bewegungen wirken hölzern und ungelenkig. Es sieht aus, als mache dem Bruder der eigene Körper mehr Mühe als der Gegner.

Burkhard beißt die Zähne zusammen. Nur jetzt nicht schlappmachen, nur jetzt nicht versagen, eine solche

Chance darf man nicht vergeben. Er ackert, er kämpft, er wühlt. Er muss sich mehr anstrengen als gewohnt, ihm fehlt der letzte Pfiff.

„Burkie!“ Das ist Hotte. Er schiebt ihm den Ball zu. Burkhard läuft, er läuft und läuft. Ab und zu sieht er ein schwarz-weißes Trikot vor sich, er umkurvt es und läuft weiter. Er wundert sich, dass er immer noch am Ball ist, dass es niemandem gelingt, ihm den Ball abzunehmen. Er passt zu Hotte, er muss verschnaufen, es geht einfach nicht mehr. Hotte setzt sich gegen zwei Spieler durch. Er steht frei vor dem Tor. Das wird ein Tor! Gleich wird Hotte ein Tor schießen. Burkhard will schon die Arme hochreißen, da … Was macht Hotte? Er dreht sich mit dem Ball und schiebt ihm das Leder vor die Füße. Ohne lange zu überlegen, tritt Burkhard zu. Ein Bomben-

schuss, der Ball landet im rechten oberen Toreck. Der Torwart hatte keine Chance.

„Danke." Burkhard gibt Hotte die Hand. Aber der will nichts hören. „Es ist dein Tor." Und dann fragt er besorgt: „Was ist heute bloß los mit dir?"

„Diese Scheiß-Erbsen! Mir ist, als hätte ich einen Zentner Kohlen im Bauch."

Frank beendet seinen Jubeltanz. Neugierig hört er den beiden Trainern zu. Der Hertha-Trainer nennt Burkie und Hotte „ein tolles Gespann".

Herr Kroll aber verzieht keine Miene. „Ja, aus dem Horst kann auch ein guter Fußballer werden. Dem fehlt nur der Ehrgeiz, die Disziplin. Der Scholz hat das alles. Er ist sonst noch besser. Wahrscheinlich hat er Lampenfieber."

Der Hertha-Trainer schiebt sich eine Zigarre zwischen die dicken Lippen. „Lampenfieber? Das nehme ich ihm in der Halbzeit. Die Jungen gefallen mir, beide!" Herr Kroll lacht, halb erfreut, halb entsetzt. „Dann kann ich meinen Laden dichtmachen. Die beiden sind das Beste, was ich habe."

Der Halbzeitpfiff. Burkie lässt sich fallen, wo er gerade steht. Frank läuft zu ihm. War der Bruder während des Spiels krebsrot, so ist er jetzt käsebleich. Er sieht Frank an. „Stören dich diese verdammten Erbsen nicht?"

Frank senkt den Kopf. „Ich habe sie gar nicht gegessen, ich habe sie weggeschüttet."

„Ich auch“, lässt sich Hotte vernehmen. „Das Zeug konnte man doch nicht essen.“

Die Trainer kommen. Sie loben Hotte und Burkie. „Ihr habt gut gespielt.“ Und der Hertha-Trainer sagt: „Ihr könnt beide nächste Woche zum Training kommen. Ich übernehme euch. Kroll ist einverstanden.“

Über Burkies Gesicht huscht ein Lächeln. Nur Hotte weiß nicht, soll er lachen oder weinen? Er, der gar nicht damit gerechnet hat, ein Hertha-Spieler? Er schimpft: „Mann, dann kommen wir aus dem Training nicht mehr raus.“ Aber dann lacht er doch.

Der Schiedsrichter winkt, er hat die Pfeife bereits im Mund. In wenigen Sekunden wird er die zweite Halbzeit anpfeifen.

Burkhard erhebt sich langsam. „Hör lieber auf, wenn dir nicht gut ist“, rät Herr Kroll.

„Es ist nur der Schulfraß.“ Burkhard versucht ein Lächeln. „Es geht schon wieder.“ Er macht ein paar Kniebeugen.

Die Pankower haben zwei Spieler ausgewechselt. Zwei neue Stürmer sollen den Ausgleich erzielen. Die Jungen machen sich gegenseitig Mut: „Noch ist nichts verloren.“

Und dann greifen sie an. Unermüdlich! Die beiden neuen Stürmer sind wirklich eine Verstärkung. Sie wollen zeigen, dass sie keine Ersatzspieler sind. Ihr Trainer läuft am Spielfeldrand mit. Nordring muss kämpfen.

„Was diese Burschen doch für Feuer unterm Hintern haben!“ Der Hertha-Trainer ist rundum glücklich. „Da kann sich manche Männermannschaft ’ne Scheibe von abschneiden.“

Da passiert es: Ein Schuss aus zwanzig Metern, mitten durch die verteidigenden Nordring-Spieler hindurch, Mieke kann nichts sehen – es steht 2:1.

Entgeistert starren Burkhard und seine Mitspieler auf Mieke. Der zuckt mit den Schultern. Die Schwarz-Weißen jubeln, der Hertha-Trainer freut sich: „Jetzt wird es noch mal spannend.“ Frank spuckt aus. Seinetwegen hätte es nicht noch einmal spannend werden müssen. Es wird mehr als nur spannend, es wird beängstigend. Der Anschlusstreffer verleiht den Pankowern Auftrieb. Sie stürmen auf Teufel komm raus. Jetzt weiß man, warum diese Jungen von den letzten zwölf Spielen nur eins verloren haben, und auch das nur knapp.

Burkie und der dicke Fritze ordnen die Verteidigung. Vergeblich. Nervös, fast panikartig laufen die Nordring-Verteidiger durcheinander. Ein schwarz-weißer Stürmer nutzt das aus und wird von Karlchen gefoult. Elfmeter! Karlchen senkt den Kopf. Ein schöner Schuss, Mieke hechtet in die falsche Ecke – es steht 2:2.

Burkhard würde am liebsten aus dem Spiel gehen. So fix und fertig war er noch nie. Diese Blamage! Es sollte *das* Spiel werden, *das* Spiel der Saison. Und nun? Er schleppt sich müde über den Platz, und das vor den Augen seines neuen Trainers. Aber dann steigt Wut in ihm auf, Wut auf sich, auf das Spiel und auf diesen blöden Freitag überhaupt. Er wird sich nicht blamieren. Er wird es ihnen zeigen und wenn er Brocken kotzen muss.

Er gibt Achim ein Zeichen. Der versteht und lässt im Vorbeilaufen den Ball vor Burkhards Füßen liegen. Burkhard läuft nicht los. Langsam und überlegt überspielt er einen Gegner. Er läuft noch immer nicht. Er blickt sich um: Wo ist Hotte? Der Freund kommt. Burkhard schiebt ihm den Ball zu, spurtet sich frei und bekommt den Ball von Hotte zurück: ein klassischer Doppelpass. Kurz vor dem Strafraum stoppt Burkhard, drei gegnerische Spieler schirmen ihr Tor ab. Er täuscht einen Gewaltschuss vor, die drei Schwarz-Weißen drehen ihm in Erwartung des Schusses den Rücken zu. Aber er schießt nicht, er gibt den Ball zurück zu Hotte und drängelt sich in die

Lücke, die die drei nicht schnell genug schließen können. Hotte hebt den Ball sachte an, Burkhard bekommt ihn auf die Fußspitze, ein Fallrückzieher – „Tooor! Tooor!“ Zweiundzwanzig Arme fliegen in die Luft, die Nordring-Anhänger tanzen vor Freude.

Der Hertha-Trainer läuft auf das Spielfeld. Es sieht komisch aus: ein dicker Körper auf kurzen Beinen, der wieselflink über den Platz „rollt“. Frank läuft hinterdrein. „Ein wunderschönes Tor!“, ruft der Trainer schon von weitem. „Ein intelligentes Tor, klug herausgespielt. Meinen Glückwunsch.“ Er drückt Burkhard und Hotte die Hand. „Ich freue mich auf euch.“ Frank hüpft an Burkhard hoch. „Das war Klasse, ganz große Klasse.“ Der Schiedsrichter muss die beiden Störenfriede vertreiben. Das Spiel ist noch nicht zu Ende.

Die Pankower geben nicht auf. Sie wollen zumindest ein Unentschieden erreichen. Sie schießen aus allen Lagen. Mieke wirft sich in die Schüsse. Er ist ein toller Torwart. Noch fünf Minuten muss er seinen Kasten sauber halten.

Zwei Minuten vor Schluss setzt ein Schwarz-Weißer zu einem Verzweiflungsschuss an. Burkhard sieht den Ball kommen, er kommt genau auf ihn zu. Er will den Ball mit der Brust stoppen, aber er bekommt ihn vor den Bauch, ein stechender Schmerz durchzuckt ihn. Er sieht Kreise vor seinen Augen, rote, grüne, blaue Kreise. Und dann liegt er am Boden und unter ihm hebt und senkt es sich wie auf einem Schiffsdeck.

Die Nordring-Spieler und die Jungen aus Pankow stehen ratlos um Burkhard herum, Frank muss sich durchdrängeln. Er kniet neben dem Bruder nieder. „Was ist, Burkie? Was ist mit dir?“ Doch der Bruder scheint ihn nicht zu hören, er presst die Hände vor den Bauch und dreht sich hin und her. Seine Augen blicken verständnislos.

Es dauert einige Zeit, bis Burkhard zu sich kommt und begreift, dass etwas passiert ist. „Ein Schmerz“, flüstert er, während die Trainer und der Schiedsrichter ihn untersuchen, „auf einmal ein wahnsinniger Schmerz.“

„Kannst du aufstehen?“ Herr Kroll hält Burkhards Kopf hoch und sieht ihm prüfend in die Augen. Burkhard sagt Ja. Gemeinsam richten die drei Trainer ihn auf und stellen ihn auf seine noch unsicheren Füße. Gestützt auf seine Kameraden geht er vom Platz. Erst jetzt bemerkt er den vor Schreck ganz stillen Bruder. Ein schales Lächeln erscheint auf seinem bleichen Gesicht. „Das gehört dazu, Frankie. Das gehört zum Spiel.“

Am Spielfeldrand setzen die Trainer Burkhard vorsichtig ins Gras. „Du musst es uns sagen, wenn es etwas Ernstes ist.“

„Es ist nichts Ernstes.“

Das Spiel geht noch zwei Minuten. Für Burkhard spielt Bernie. Aber der Druck der Pankower ist verflogen. Das Spiel endet 3:2 für Nordring.

„Kannst du allein nach Hause?“ Herr Kroll zögert, er möchte Burkhard eigentlich nicht gern allein gehen lassen. Er steht in der Umkleidekabine und sieht den Jungen abwartend an.

„Es ist alles in Ordnung. Außerdem sind Hotte und mein Bruder dabei." Burkhard gibt sich putzmunter. Es geht ihm besser, der Druck, den die Erbsen verursachten, ist wie weggeblasen. Nur beim Bücken, da schmerzt es. Aber bücken braucht er sich nicht. Da sind Hotte und Achim, Knacker und Jünne und all die anderen. Sie helfen ihm und sie wünschen ihm Glück, ihm und Hotte. Sie haben das letzte Mal zusammen für Nordring gespielt.

Der Nachhauseweg zieht sich hin. Burkhard geht es schlechter. Ab und zu muss er stehen bleiben, die Schmerzen werden übermächtig. Er lehnt sich an eine Häuserwand und holt tief Luft. Das bringt für kurze Zeit Erleichterung. Doch er wird immer weißer. Er presst die Hände auf den Leib und hält durch, bis die „gemütliche

Ecke" nicht mehr weit ist. Erst dann lässt er sich am Straßenrand nieder.

Hotte steht unschlüssig neben ihm. Er ist ruhiger als sonst. Burkhard sieht zu ihm hoch. „Kein Wort, Hotte! Ja? Kein Wort! Auch nicht zu deinen Eltern. Sonst wird nur darüber gequatscht."

„Und wenn es was Ernstes ist?"

„Es ist nichts Ernstes. Aber wenn es meine Mutter erfährt ... die macht aus der Mücke 'nen Elefanten." Burkhard reicht dem Freund die Hand. „Du weißt ja: Sport ist Mord! Also, mach's gut. Ich muss noch mit Frankie reden."

Hotte verspricht, nachher mal reinzuschauen, und geht, sich hin und wieder nach den beiden Jungen umdrehend, davon. Frank setzt sich neben Burkhard auf den Rinnstein. Der Bruder zieht die Beine an und stützt das Kinn auf die Knie. Er spuckt auf die Straße. Die Spucke ist gelblich, ganz anders als sonst.

Frank weiß, was der Bruder von ihm will. Er hat gehört, was Burkie zu Hotte gesagt hat. Es gefällt ihm nicht. Ihm wäre es lieber, wenn sie der Mutter die Wahrheit sagten.

„Wenn Mutter erfährt, dass mir im Verein was passiert ist, darf ich nie wieder spielen." Burkie spuckt noch immer. Wo hat er nur die ganze Spucke her?

„Aber wir müssen doch einen Arzt holen." Frank begreift den Bruder nicht. Er sieht ja ganz käsig aus. Das kann er doch nicht verbergen.

„Ich erzähle was anderes. Es ist ja nicht so schlimm. Es geht mir schon viel besser." Um seine Worte zu beweisen, steht Burkhard auf und reckt sich. Dann geht er über die Straße, zügig und forsch.

Frank folgt ihm. Er ist misstrauisch. Und richtig, schon auf der anderen Straßenseite krümmt Burkhard sich wieder. „Wenn es nur nicht so heiß wäre." Dicke Schweißperlen tropfen ihm von der Stirn.

Frank wird es unheimlich. Es ist zwar heiß, aber nicht so heiß. Der Bruder taumelt ja. „Burkie, wollen wir nicht doch ...?"

Burkhards graue, sonst so kluge und vernünftige Augen sehen den kleinen Bruder bittend und voller Unruhe an: „Kein Wort! Verstehst du?"

„Aber ..."

„Kein Wort! Oder ich nehme dich nie wieder mit."

„Aber ..."

„Versprich es mir. Gib mir dein Ehrenwort. – Los! Dein Ehrenwort."

„G... großes chinesisches Paprikaschoten-Ehrenwort. Aber ..."

Burkhard ist nicht zufrieden. „Strecke drei Finger in die Luft und sage: Ich schwöre." Gehorsam streckt Frank Daumen, Zeige- und Mittelfinger in die Luft. „Ich schwöre." Es ist ihm nicht wohl dabei und er findet es nicht in Ordnung, dass ihn der Bruder dermaßen festnagelt, aber er hat immer getan, was Burkhard verlangte, und so tut er es auch heute.

„Na, siehst du!" Burkie ist endlich zufrieden. „Ich wusste doch, dass man sich auf dich verlassen kann. Wir sind doch Brüder. Und was für welche! Einer geht für den anderen durchs Feuer. Stimmt's?"

Burkhard hat Recht. Frank geht für den Bruder durchs Feuer. Dennoch ist ihm, als mache er jetzt einen großen Fehler.

Manfred Mai

Eine Klasse im Fußballfieber

Zweimal haben sich die Fußballerinnen und Fußballer schon zum Sondertraining auf dem Sportplatz getroffen.

Heute teilt Herr Ammann die Kinder in zwei Mannschaften ein und lässt sie gegeneinander spielen, um zu sehen, wie sich die Einzelnen anstellen. Es wird schnell deutlich, dass sich Ballack und Enes auf der einen Seite, Cihan, Louis und Alessio auf der anderen Seite den Ball fast nur gegenseitig zuspielen. Auch wenn die anderen Mädchen und Jungen mitlaufen und sich anbieten, bekommen sie ihn kaum. Nur Sophia wird zweimal von Ballack angespielt.

„Stopp!“, ruft Herr Ammann. „Daniel, Enes, Cihan, Louis, Alessio, kommt bitte mal zu mir!“ Als die fünf Jungen vor ihm stehen, sagt er: „Dass ihr gute Fußballer seid, das weiß ich. Aber wenn ihr den anderen keinen Ball abgebt, kann ich nicht sehen, wie gut sie sind. Sie sollen jetzt mal ohne euch spielen.“

Die fünf protestieren, doch der Lehrer bleibt hart. Und ohne die „Stars“ können einige Mädchen und Jungen erst zeigen, was in ihnen steckt. Pauline, Aylin, Julia und Sophia leben regelrecht auf. Auch Joschka und Paul macht das Spiel jetzt sichtlich mehr Spaß. Herr Ammann

beobachtet sie genau, um zu sehen, wo sie ihre Stärken und Schwächen haben. Aylin und Julia können gut mit dem Ball umgehen, doch ihnen fehlt noch der Blick für die Mitspieler. Sophia hat ein gutes Auge für Spielsituationen und bietet sich geschickt an, ist im Abschluss allerdings schwach. Pauline ist schnell und wendig, aber leider verstolpert sie öfter den Ball. Ihre Stärke liegt eindeutig im Zerstören des gegnerischen Spiels. Ähnliches gilt für Paul, der im Zweikampf sehr geschickt ist, der jedoch nichts mit dem Ball anzufangen weiß, wenn er ihn erobert hat. Ein völlig anderer Spielertyp ist Joschka, der ballsicher ist, gute Pässe schlagen kann und Zweikämpfe nach Möglichkeit vermeidet.

Laura, Yasimin und Josip geben sich zwar Mühe, haben jedoch große Schwierigkeiten beim Spiel mit und ohne Ball. Bei Josip ist das allerdings nicht schlimm, weil er als Torhüter der D-Jugend des FC Winterlingen bei richtigen Spielen sowieso im Tor stehen wird.

Warum Rosali und Hülya sich zum Fußball gemeldet haben, ist Herrn Ammann ein Rätsel. Beide sind völlig untalentiert und stehen den anderen mehr im Weg, als dass sie mitspielen. Herr Ammann ruft alle zu sich und sagt ihnen, was er beobachtet hat. Dann ordnet er spezielle Übungen für die Mädchen und Jungen an, je nachdem, welche Stärken und Schwächen sie haben. Einige müssen lernen, den Ball zu führen, ohne ständig auf ihn zu schauen; andere sollen versuchen, aus dem Lauf heraus möglichst genau zuzuspielen; manche müssen üben, den Ball so anzunehmen, dass er nicht drei, vier Meter vom Fuß wegspringt.

Zu jeder Gruppe schickt Herr Ammann einen oder zwei der besseren Fußballer, die den anderen dann helfen sollen.

Ballack freut sich, dass Sophia in seiner Gruppe ist. Als ihr ein Zuspiel völlig misslingt, läuft er mit dem Ball zu ihr und stellt sich neben sie.

„Du darfst nicht mit der Pike kicken, du musst mit dem Innenrist zuspielen.“

Sophia guckt ihn fragend an und sofort regt sich

etwas in Ballacks Bauch. Für einen Moment vergisst er, wo er ist. Er hat nur Augen für Sophias Gesicht. Dann sieht er, wie sich ihre Lippen bewegen, aber es dauert eine Weile, bis ihn die Worte erreichen.

„Was ist eine Pike?"

„Äh ... was ... ach so ... ja", stammelt Ballack, „... zu der Schuhspitze sagt man Pike. Und das hier", er klopft mit der Hand an die Innenseite seines rechten Schuhs, „das ist der Innenrist. Mit dem musst du zuspielen, das ist sicherer."

„Schieß mal", bittet Sophia.

Ballack freut sich, dass er Sophia etwas zeigen kann. Er legt den Ball zurecht und macht es langsam vor. Zuerst im Stand, dann aus dem Lauf.

„Ich glaub, ich hab's kapiert", sagt Sophia.

Sie nimmt den Ball, stellt den linken Fuß so neben ihn, dass er in Richtung Pauline zeigt. Dann holt sie mit dem rechten Bein Schwung und tritt mit dem Innenrist gegen den Ball, der Pauline vor die Füße rollt.

„Ich kann's! Ich kann's!", ruft sie und springt vor Freude in die Luft.

„Ich probier's auch mal so", sagt Paul, der genau aufgepasst hat. Und auch sein Pass kommt an.

Herr Ammann klopft Ballack auf die Schulter. „Du bist ein guter Trainer", lobt er ihn. „Sie sollen erst mal aus dem Stand zuspielen, dann aus dem Lauf."

Sophia, Pauline, Paul und Lukas strengen sich an, und mit Ballacks Hilfe klappt es immer besser. Beim Zuspielen aus dem Lauf gibt es zwar noch etliche Fehlpässe, doch die Fortschritte sind nicht zu übersehen. Auch in den anderen Gruppen wird konzentriert gearbeitet. Nach einer halben Stunde bläst der Lehrer in seine Trillerpfeife und versammelt die Kinder um sich.

„Ihr seid einen großen Schritt weitergekommen", lobt er sie. „Jetzt bilden wir wieder zwei Mannschaften und versuchen, das Gelernte gleich im Spiel umzusetzen." Während Herr Ammann redet, stellt sich Ballack unauffällig neben Sophia.

Vielleicht hat er ja Glück und kommt so in ihre Mannschaft – es klappt!

„Denkt dran, den Ball abzugeben", mahnt Herr Ammann, „besonders die Profis. Denn alle wollen und sollen mitspielen!"

Dann wirft er den Ball ein und das Spiel beginnt. Cihan erwischt das runde Leder und stürmt sofort in Richtung Tor.

„Spiel ab!", ruft Ballack.

Doch Cihan denkt nicht daran. Er umkurvt drei Gegenspieler und schiebt den Ball zwischen die zwei Stangen, die Herr Ammann als Tor aufgestellt hat.

„Tor!", jubelt Cihan.

Doch außer ihm jubelt niemand. Im Gegenteil: Ballack kommt wütend auf ihn zu. „Wir sollen miteinander spielen, hat Herr Ammann gesagt, und du gibst nicht ab, nur weil du ein Tor schießen willst. Du bist echt doof!"

Cihan zeigt ihm den Stinkefinger.

„He, pass bloß auf!“

„Cihan!“, ruft Herr Ammann. „Noch eine solche Aktion und du spielst nicht mehr mit!“

Cihan brummt auf Türkisch etwas vor sich hin, was niemand versteht. Das Spiel geht weiter und alle bemühen sich, den Ball von Spieler zu Spielerin laufen zu lassen. Mit der Zeit werden auch die sicherer, die nicht im Verein sind.

Einmal jagt Pauline Alessio sogar den Ball ab und kickt ihn sofort zu Ballack. Der läuft ein paar Schritte, schaut und sieht Sophia halb rechts mitlaufen. Er lockt Aylin von ihr weg, indem er so tut, als steuere er direkt aufs Tor zu. Als sie ihn angreift, schiebt Ballack im richtigen Moment den Ball an ihr vorbei in den Lauf von

Sophia. Die zögert nicht lange, zielt mit dem Innenrist aufs Tor – und trifft. Sie springt vor Freude in die Luft.

„Das war super!“, ruft der Lehrer begeistert. „So müsst ihr miteinander spielen, dann werdet ihr eine gute Mannschaft!“

Wolfgang Brenneisen

Fußball im Klassenzimmer

Pause – endlich!

„Ich muss noch was erledigen“, hat Herr Huber, der Lehrer, gesagt und ist ausnahmsweise in der kleinen Pause aus dem Klassenzimmer gegangen.

Aber er steckt noch einmal seinen Kopf herein. Wie ein Nilpferd, das aus dem Wasser auftaucht.

„Dass ihr mir ja nichts anstellt!“, sagt er.

Die Kinder nicken brav wie die Chorknaben.

„Selbstverständlich, Herr Huber!“

„Das machen wir nie!“

„Ist doch Ehrensache!“

Aber kaum ist Herr Huber weg, geht es los. Stefan hat einen Tennisball dabei. Damit kann man im Klassenzimmer herrlich kicken. Es kracht so schön, wenn man den Ball gegen die Wand knallt. Es ist wie ein Donnerschlag: Wumm! Markus und Leonhard rücken einige Tische an die Wand. Jetzt haben sie freie Bahn.

Frederik spielt den Reporter. Er hat ein Taschentuch um sein Schreibmäppchen gewickelt und spricht in sein Mikrofon: „Der Ball kommt zu Stefan vom FC Bayern München. Was macht er? Gibt er ab? Nein! Stefan holt aus. Schuss – Tooor!“

„Au!“ Claudia hat den Ball an den Kopf bekommen.

„Volltreffer!“, schreien die Jungen und lachen.

„Stefan vor! Noch ein Tor!“, brüllt Markus.

„Ihr Idioten!“, ruft Claudia. „Ihr wisst genau, dass ihr im Klassenzimmer nicht Fußball spielen dürft!“

Aber die Jungen wollen davon nichts wissen.

Frederik dichtet:

„Fußball immer, immer,
auch im Klassenzimmer, -zimmer!“

Und das Spiel geht weiter.

„Ja, meine lieben Fußballfreunde“, brüllt Frederik, der rasende Reporter, in sein Mikrofon, „Bayern München liegt eins zu null vorn. Was aber macht der HSV? Jetzt hat Leonhard den Ball – Schuss – und Tooor! Es steht eins zu eins.“

Leonhard hat den Ball gegen die Wand geknallt und dabei den Kalender getroffen. Der fällt herunter.

„Müsst ihr denn alles kaputtmachen?“, schimpft Anita.

Die Mädchen wollen eigentlich Verenas Geburtstag vorbereiten.

Morgen soll in der Klasse gefeiert werden.

„Bei dem Höllenlärm kann man sein eigenes Wort nicht verstehen“, sagt Daniela.

Die Jungen bolzen weiter und stampfen wie die Wasserbüffel herum. Der Ball saust durch die Luft. Jetzt springt er vor Claudia hoch.

Frederik kommentiert: „Der Ball ist mitten unter den Zuschauern gelandet.“

„Von wegen“, sagt Claudia.

Sie holt aus und drischt auf den Tennisball. Sie trifft ihn voll, aber leider springt der Ball nach oben und schlägt wie eine Bombe in eine Lampe ein. Scherben fallen herab.

„Tor!“, schreit Stefan.

„Eigentor“, meint Leonhard.

Die Jungen wiehern vor Lachen.

Frederik spricht in sein Mikrofon: „Das ist Damenfußball. Ein Mondschuss! Das war das Tor des Jahres!“

„Heiliger Strohsack!“, stammelt Claudia.

Sie ist ganz bleich. Wenn sie den Schaden selbst bezahlen muss, ist ihr ganzes Taschengeld futsch.

In diesem Augenblick geht die Tür auf. Herr Huber kommt herein.

„Was ist denn hier los?“, fragt er streng.

Die Fußballspieler stehen da wie die Ölgötzen. Sie haben vergessen, vor der Tür einen Wachposten aufzustellen.

Herr Huber sieht die Scherben auf dem Boden. Er blickt nach oben und entdeckt die Bescherung.

„Wer war das?“

„Ich nicht!“, sagt Stefan schnell.

„Ich auch nicht!,“ sagt Markus.

„Das war Damenfußball“, deutet Frederik geheimnisvoll an.

„Damenfußball?“ Herr Huber runzelt die Stirn. „Ihr wollt mich auf den Arm nehmen, ihr Schlitzohren!“

„Nein, ehrlich!“, beteuert Stefan.

„Und welche Dame hat sich hier ausgetobt?“, will Herr Huber wissen.

Da muss Claudia Farbe bekennen.

„Ich war’s“, gibt sie kleinlaut zu.

„Na, das wird ganz schön teuer für dich werden“, meint Herr Huber. „Ich schätze, das kostet mindestens dreißig Mark.“

Dreißig Mark! Claudia ist bestürzt.

„Eigentlich“, sagt Stefan zögernd, „war es ja ein dummer Zufall.“

Und nun gibt Markus seinem Herzen einen Stoß: „Eigentlich war es nicht reiner Damenfußball."

„Es war eher eine gemischte Mannschaft", ergänzt Frederik, der rasende Reporter.

„Aha", sagt Herr Huber, „jetzt kommen wir der Sache schon näher. Wer hat denn sonst noch herumgekickt?"

Da heben die Jungen, die gespielt haben, die Hand. Wie brave Chorknaben.

„Ich zahle mit", sagt Stefan.

Jetzt fühlen sich auch die anderen an ihrer Ehre gepackt.

„Ich zahle auch."

„Ich auch."

„Ich auch."

Frederik hält sein Mikrofon an den Mund: „Meine Damen und Herren –", sagt er.

„Was ist denn in dich gefahren?", fragt Herr Huber entgeistert.

Aber Frederik lässt sich nicht beirren. „Meine Damen und Herren! Es war ein Wohltätigkeitsspiel. Es geht um die Ablösesumme von Claudia. Wer möchte sich beteiligen?“ Da melden sich alle, Jungen wie Mädchen.

„Na gut“, sagt Herr Huber, „ich spreche mit dem Hausmeister. Er besorgt eine neue Lampe. Und Stefan und Claudia sammeln das Geld dafür von jedem in der Klasse ein.“

„Eins zu null für Herrn Huber!“, ruft Frederik in sein Mikrofon. Und dann fügt er hinzu: „Eine starke Leistung.“

„Fußball ist eine tolle Sache“, sagt Herr Huber noch. „Aber spielt in Zukunft bitte draußen, ja?“

„Hiermit ist die Hallensaison beendet“, ruft Frederik in sein Mikrofon. „Und morgen in der großen Pause findet der Anstoß auf dem Sportplatz statt. Die Freiluft-Saison ist eröffnet!“

„Eins zu eins, Frederik“, sagt Herr Huber freundlich. „Das war ein Volltreffer.“

Kirsten Boie

Lena hat nur Fußball im Kopf

„Also damit muss jetzt aber Schluss sein!“, sagt Mama und lässt sich auf den Küchenstuhl plumpsen. „Sechzehn Aufgaben falsch von fünfundzwanzig!“

Auf dem Tisch steht der Adventskranz. Die Kerze ist schon ein bisschen heruntergebrannt, aber Lena ist es trotzdem kein bisschen weihnachtlich.

„Ja, leider, Mama“, sagt Lena. „Frau Schneider sagt, es war eine schwere Arbeit.“

„Schwer!“, ruft Mama böse und wedelt mit dem Mathezettel in der Luft herum. „Das kleine Einmaleins! Das habt ihr schon im letzten Jahr gelernt! Und da glaubst du immer noch, drei mal vier ist vierzehn!“

„Jetzt glaub ich das nicht mehr, Mama“, sagt Lena schnell. „Jetzt weiß ich das richtig. Die Arbeit war ja schon Freitag.“

„Na, das ist doch tröstlich!“, ruft Mama. „Dass du es jetzt wenigstens weißt! Aber sechzehn Aufgaben falsch von fünfundzwanzig, das ist ja schlechter als fünf!“

Lena zuckt die Achseln. Drei mal vier und fünf mal sechs und neun mal zwei, das ist ihr alles egal. Später nimmt sie sowieso einen Taschenrechner. Oder sogar einen PC.

„Aber das werden wir jetzt mal ändern“, sagt Mama grimmig. „Da können wir schließlich was tun. Dann wird eben jetzt mehr geübt, liebes Fräulein! Und nicht so viel getrödelt! Du bist schließlich neun Jahre alt!“

„Mhm, bin ich“, sagt Lena vorsichtig. Vielleicht müsste sie nur was von Vorweihnachtszeit sagen und von guter Weihnachtsstimmung, damit Mama wieder freundlich wird, aber das traut sie sich nicht.

„Und mit dem Üben fangen wir gleich mal an“, sagt Mama und hält Lena den Mathezettel hin. „Du kannst in dein Zimmer gehen und die Berichtigung machen. Und ich kontrollier das dann nach!“

„Ja, Mama, das mach ich“, sagt Lena. Sie ist ganz froh, dass sie nicht mehr länger Mamas Geschimpfe hören muss.

Drei mal vier ist zwölf, denkt Lena, und drei mal acht ist irgendwas mit zwanzig. Aber was ist sechs mal sieben? Mathematik ist das grässlichste Fach auf der Welt.

„Na, Lena, wie geht es?“, ruft Mama aus der Küche. „Bist du gleich fertig?“

Lena nickt. Obwohl Mama das in der Küche ja nicht sehen kann. Aber hören könnte sie Lena sowieso auch nicht. Weil sie sich nämlich die Kassette mit den Weihnachtsliedern angemacht hat. Ganz laut.

Und in Wirklichkeit ist Lena auch noch lange nicht fertig. Erst drei Aufgaben hat sie gerechnet und schreckliche sechzehn sollen es werden.

„Was hast du gesagt?", fragt Mama und steckt ihren Kopf zur Tür herein. Die Weihnachtsmusik wird lauter. „Tut mir Leid, dass ich vorhin so geschimpft habe, Lena. Ich hab heute Nacht zu wenig geschlafen, da bin ich dann immer leicht gnatterig." Sie beugt sich über Lenas Schulter. „Aber jetzt ...!", sagt Mama. Dann stößt sie einen merkwürdigen Laut aus.

„Lena!", ruft sie. „Acht mal drei ist vierundzwanzig! Und drei mal fünf ist fünfzehn! Das ist ja wieder alles falsch!"

Lena duckt sich ganz tief über ihr Heft. Jetzt soll Mama bloß nicht wieder schimpfen. Schließlich kann Lena nichts dafür, wenn sie nicht so gut rechnen kann. Sie hat sich wirklich Mühe gegeben.

Aber diesmal schimpft Mama auch gar nicht. Sie holt nur einmal tief Luft und setzt sich auf die Kante von Lenas Schreibtisch. „Das üben wir jetzt, bis es klappt", sagt Mama energisch. „Das ist nämlich gar nicht so schwer. Du wirst sehen, die nächste Arbeit ist dann schon besser."

Lena nickt und schiebt ihren Stuhl zurück. „Ja, machen wir, Mama", sagt sie. Da kann sie sowieso nichts mehr ändern. „Aber jetzt hab ich Training. Heute Abend üben wir das."

Das Training darf Lena auf keinen Fall verpassen. Sonst ist sie am Sonntag nicht fit. Und dann wird sie vielleicht nicht aufgestellt.

Aber Mama hat doch schon wieder vergessen, dass sie auf sich aufpassen muss, weil sie schlecht geschlafen hat. Jetzt schimpft sie schon wieder.

„Zum Training?“, schreit Mama. „Wo du doch Mathe üben sollst? Wo die letzten drei Arbeiten schon so schlecht waren? Aber du denkst natürlich immer nur an Fußball!“

Mama springt auf. „Das wird jetzt mal anders, mein Kind!“, ruft sie, und fast wäre der Schreibtisch unter ihr umgekippt. „Jetzt wirst du mal lernen, was wichtig ist! Der Fußball wird bis Weihnachten auf dich verzichten müssen! Du denkst ja sonst an nichts anderes mehr!“ Und Mama geht aus dem Zimmer und knallt die Tür hinter sich zu.

Das darf Lena nie. Auch nicht, wenn sie zu wenig geschlafen hat.

In der Ecke zwischen Schreibtisch und Bett sitzt Lena immer, wenn sie weinen muss. Ihren Bollermann nimmt sie dann auch in den Arm, das ist ihr riesiger Stoffhund mit dem einen Ohr, den sie jedes Mal unter der Bettdecke versteckt, wenn ihre Freundinnen kommen. Aber heute kann nicht mal Bollermann helfen.

„Scheißmama“, flüstert Lena ganz leise. Damit wirklich nur Bollermann sie hört. „Scheißmathe!“ Und sie denkt an das Spiel nächsten Sonntag und dass sie im Sturm spielen sollte.

Weil Robert jetzt umgezogen ist, der war vorher Torschützenkönig.

Lena hat schon immer ordentlich Fußball gespielt. Als sie ganz klein war, hat Papa ihr das beigebracht, aber als sie dann fünf war und die Jungs in den Verein gekommen sind, da sollte Lena plötzlich nicht mehr.

„Du willst doch bestimmt lieber mit deinen Freundinnen spielen!“, hat Papa gesagt. Aber der Trainer im Fußballverein wollte, dass sie es erst mal versucht. „Vielleicht wird es ihr sowieso schnell langweilig“, hat er gesagt. „Bald kommt die Zeit, wo sie schöne Kleider tragen und nichts mit Jungs zu tun haben will.“

Es ist Lena aber nicht langweilig geworden, kein bisschen. Weil sie nämlich Fußball spielen *und* schöne Kleider tragen *und* mit ihren Freundinnen spielen kann. Und gegen Jungs hat sie auch nicht so viel.

Aber Mama muss ihr natürlich alles verderben!

„Lena?“, ruft Mama aus der Küche.

Wer nicht zum Training kommt, wird natürlich auch nicht eingesetzt, das ist klar. Ein Stürmer muss regelmäßig trainieren. „Hast du dich beruhigt?“, ruft Mama.

Lena zieht die Nase hoch und gibt Bollermann einen Kuss auf den Kopf. „Armer, armer, alter Bollermann.“

„Es ist doch nur, bis du in Mathe ein bisschen besser bist!“, ruft Mama aus der Küche. „Verstehst du das nicht? Ich hab doch nichts gegen Fußball!“

Niemals wäre Sammer so gut geworden, wenn der so eine Mutter gehabt hätte, denkt Lena. Wenn er immer Mathe geübt hätte und nicht trainiert. Oder Thon. Oder Möller. Die haben trainiert wie verrückt und nun sind sie Weltklassespieler und können den Taschenrechner benutzen. Das sollte sich Mama mal überlegen.

„Lena?“, ruft Mama wieder. „Kann ich vielleicht mal eine Antwort kriegen?“

Lena schmeißt Bollermann auf den Boden. „Ich hab nichts gehört!“, ruft sie und schaltet ihr Radio an.

„Wo bist du denn gestern gewesen?“, fragt Jonas am nächsten Morgen in der Pause. „Herr Köster hat schon gefragt!“

„Ich musste Mathe üben", sagt Lena und klappt ihr Brötchen auf. Schon wieder Salami, die mag sie gar nicht. „Meine Mutter lässt mich nicht mehr." Jonas starrt sie an. „Lässt dich nicht mehr?", fragt er. „Was heißt das? Und bei unserem Freundschaftsspiel am Sonntag, lässt sie dich da?" Lena guckt auf den Boden. Jetzt ist noch Arne dazugekommen, der spielt auch in der Mannschaft.

„Ich muss erst besser in Mathe werden", murmelt Lena. „Vorher darf ich nicht mehr."

„Wo du jetzt in den Sturm sollst?", schreit Jonas. „Deine Mutter ist ja verrückt!"

„So sind die Weiber", sagt Arne. „Das sagt mein Vater auch immer, auf Weiber ist kein Verlass. Kaum gibst du ihnen einen guten Job, schon werden sie schwanger und lassen dich sitzen. Auf Weiber ist kein Verlass."

„Ich bin gar nicht schwanger!", ruft Lena.

Arne zuckt die Achseln. „Ist doch egal", sagt er. „Unzuverlässig ist unzuverlässig. Ich hab ja gleich gesagt, keine Weiber in unserer Mannschaft", und er packt Jonas am Arm und sie rennen zum Klettergerüst.

Unzuverlässig ist unzuverlässig, denkt Lena und geht langsam zum Rutscheberg. Da sitzen Katrin und Ina und tauschen Schnullis. Jonas und Arne haben ganz genau Recht, auf mich ist kein Verlass. Ich lass die Mannschaft sitzen, und wenn sie am Sonntag verlieren, ist alles meine Schuld. „Nur wegen dem blöden Mathe!", sagt Lena und tritt mit dem Fuß gegen den Berg.

Christian Tielmann

Anpfiff für die Superkicker

„Toni, du spinnst!"

Familie Michaelis saß auf der Terrasse ihrer absoluten Lieblingspizzeria und wartete auf den Nachtisch. Jost und Nina Michaelis konnten mit ihren Kindern zufrieden sein: Sowohl Lisa als auch Toni wurden in die neuen Klassen versetzt und sie hatten es sogar mal wieder geschafft, keine Fünfen im Zeugnis zu haben. Aber selbst wenn eine Fünf dabei gewesen wäre und wenn Toni oder Lisa sitzen geblieben wären, das Pizza-Essen am letzten Schultag vor den großen Sommerferien war den Michaelis heilig. Sogar die Mutter von Lisa und Toni hatte es geschafft, ihren Dienst zu tauschen, sodass sie auch in diesem Jahr wieder mit am Tisch sitzen konnte. So gesehen konnten also auch Lisa und Toni mit ihren Eltern zufrieden sein. Aber so zufrieden die Eltern auch mit den Zeugnissen und die Kinder mit der Pizza waren, so unzufrieden waren die Eltern mit Tonis Idee und Toni mit der Reaktion seiner Eltern.

„Wieso spinne ich?", fragte Toni. „Ich will doch nur einen Fußballverein gründen. Clemens macht mit, und Mehmet und Fabio sind bestimmt auch sofort dabei, wenn wir sie fragen."

Der Kellner räumte die leeren Pizzateller ab. Tonis Mutter lächelte ihm zu und auch sein Vater wartete, bis er außer Hörweite war. „Das ist doch totaler Unfug“, sagte er dann. „Du kannst keinen Fußballverein gründen, Toni.“

„Und warum nicht?“, fragte Toni.

„Weil du zu jung bist“, sagte seine Mutter.

Toni verdrehte die Augen. – Als ob er das nicht selbst wüsste! Für wie blöd hielt ihn seine Mutter eigentlich?

„Deshalb sollt *ihr* ja den Verein gründen!“

Sein Vater schüttelte den Kopf. „So weit kommt's noch, dass ich einen Verein gründe. Wie stellst du dir das vor? Soll ich etwa Kassenwart werden und Nina ist die Vorsitzende?“

„Dafür haben wir doch gar keine Zeit“, pflichtete Nina Michaelis ihrem Mann bei.

„Jetzt stellt euch doch nicht so doof an“, schaltete sich Lisa ein. „Toni hat Recht: Schäfer war wirklich bescheuert zu den Jungs. Und die anderen Vereine in der Nähe passen einfach nicht. Warum wollt ihr denn keinen Verein gründen? Ihr müsst es ja nicht allein machen.“

„Ich kann alles organisieren“, sagte Toni. „Und auf die Vereinskasse kann ich auch aufpassen.“

Die Eltern sahen sich an. „Ich habe keine Ahnung, was man tun muss, um einen Verein zu gründen.“

Das klang schon besser, fand Toni. Es klang nämlich so, als könnte Toni seine Mutter vielleicht überreden, wenn sein Vater mitziehen würde.

„Was sagen denn Clemens' Eltern?", fragte sein Vater mit einer tiefen Sorgenfalte auf der Stirn.

„Die haben gesagt, dass sie mitmachen, wenn ihr mitmacht", erwiderte Toni. „Und der Vater von Clemens hat auch schon mal einen Verein gegründet. Das ist nicht so kompliziert, hat er gesagt. Wichtig ist nur, dass wir genug Leute finden. Und Clemens' Mutter kann die Trikots entwerfen."

Der Kellner brachte den Nachtisch: das beste Eis der Stadt.

„Ich muss da erst noch in Ruhe drüber nachdenken", sagte sein Vater.

Toni nickte. Das war schon mal ein gutes Zeichen. Andererseits brauchte er ziemlich schnell eine Antwort, denn wenn sie in der nächsten Saison schon mitspielen

wollten, mussten sie sich bald beim Kreisverband melden. Das hatten Toni und Clemens schon herausgefunden. „Könntest du darüber schnell in Ruhe nachdenken?“, fragte er kleinlaut und legte den Kopf schief. „Ich würde euch sogar mein Eis schenken, wenn ihr Ja sagt.“

Die Eltern mussten lachen.

„Reicht dir heute Abend?“, fragte Nina Michaelis.

Toni nickte gönnerhaft. „Ich denke schon.“

Lisa zwinkerte ihm zu und flüsterte: „Überleg dir schon mal einen Vereinsnamen!“

„Wir brauchen einen Vereinsnamen und vor allem mehr Spieler!“ Toni saß am Abend mit Clemens im *Tempel* und plante, dass die Köpfe qualmten. Ihre Eltern hatten sich tatsächlich breitschlagen lassen, einen eigenen Fußballverein zu gründen.

„Mehmet und Fabio habe ich schon angerufen“, sagte Clemens. „Die sind dabei, wenn das Ganze nicht zu teuer wird.“

„Dann sind wir aber erst vier“, meinte Toni. „Für ein gescheites Training müssen wir mindestens zehn sein.“

„Ich will auch Roland fragen.“ Clemens saß im Schneidersitz auf der Matratze und strich sich eine Locke aus der Stirn. „Sein Vater könnte in seiner Firma nämlich unsere Trikots bedrucken und sie uns billiger verkaufen.“

Toni nickte. „Falls Roland überhaupt noch Lust auf Fußball hat. – Was ist mit Ivo und Vinz?“

Aber Clemens wiegte den Kopf. In diesem Augenblick verriet ein quietschendes Geräusch über ihnen, dass sich jemand näherte. Clemens warf einen Blick in den Autospiegel. „Die kommen wie gerufen", murmelte er.

Kurz darauf betraten Vinz und Ivo das Versteck der vier Freunde. Aber auf Tonis Frage, ob sie beim *TUS* austreten und in ihren neuen Fußballverein eintreten würden, schüttelte Vinz nur den Kopf und knurrte: „Habt ihr immer noch nicht genug? Ich bleibe beim *TUS* und Schluss."

Und auch Ivo hatte keine Lust, den Verein zu verlassen. Toni war ein bisschen enttäuscht von den beiden. Zumindest von Ivo hätte er erwartet, dass er länger darüber nachdenken würde. Andererseits hatten Ivo und Vinz von Schäfer nichts zu befürchten, schließlich hielt er die beiden für zwei ganz großartige Fußballer.

„Macht nichts", sagte Clemens. „War ja nur 'ne Frage." Und dann fragte er Vinz über die Ferien aus, wo er mit seinen Eltern hinfliegen würde und wann er wieder da wäre. Auch von Ivo wollte Clemens die Reisedaten ganz genau wissen und Toni fragte er, ob sie in diesem Jahr nach Holland oder Dänemark ans Meer fahren würden. Toni hätte lieber weiter über den neuen Verein gesprochen, aber wenn Vinz dabei war, hätte es sowieso nur Streit gegeben. Da war er sich ziemlich sicher.

Aber Vinz hatte anscheinend einen streitsüchtigen Tag. „Wollt ihr echt einen Fußballverein gründen? Wie soll der denn heißen?", fragte er spöttisch.

Clemens und Toni sahen sich an und zuckten mit den Schultern.

„*Die Pfeifen* fänd ich passend“, feixte Vinz und warf ein verrostetes Stück von einem Rohr in die hintere linke Ecke des *Tempels*.

Toni ballte wütend die Fäuste. „Ich weiß gar nicht, was du hast, Vinz! Wir kommen mit Schäfer nicht klar und machen deshalb unser eigenes Ding. Warum kapierst du das nicht?“

„Weil es nichts wird mit eurem Verein!“, rief Vinz. „Ihr tickt doch nicht mehr richtig! So einen Fußballverein kann man nicht von heute auf morgen gründen! Wo wollt ihr die Leute hernehmen? Habt ihr überhaupt schon sieben Spieler? Und wenn wir im übernächsten Jahr auf dem großen Feld spielen, dann braucht ihr

sogar elf. Und wo nehmt ihr Trikots her? Oder malt ihr die selbst? Vielleicht mit Fingerfarbe?" Vinz redete sich richtig in Rage.

Toni musste sich große Mühe geben, nicht zu explodieren. Warum konnte sein Freund ihn nicht einfach in Ruhe den neuen Verein gründen lassen?

„Das kriegen wir schon alles hin!", rief er. „Wart's ab."

„Das werde ich abwarten", knurrte Vinz. „Ganz geduldig. Wenn ich aus Spanien zurückkomme, bin ich sehr gespannt, ob ihr schon eine Mannschaft habt. – Die *Superpfeifen* find ich übrigens noch besser! Und eure Mitspieler holt ihr euch am besten vom Bolzplatz an der Mühle und vom Hinterhof! Die *Superpfeifen und Hinterhofkicker*."

Toni holte zum Schlag aus. Aber Vinz war sein Freund. Und mit einem Freund prügelt man sich nicht. Andererseits war das, was Vinz von sich gab, wirklich eine Frechheit. Und das wollte er Vinz auch gerade ins Gesicht schreien, als Clemens vergnügt sagte: „Danke, Vinz. Das sind ja lauter prima Ideen! *Superpfeifen* ist ein klasse Name. Und die Bolzer von der Mühle werde ich echt fragen. Da ist doch so ein griechischer Junge dabei, der kickt gar nicht mal so schlecht!"

Vinz starrte Clemens an. „Du meinst Tsatsiki? Mit dem willst du einen Verein gründen?"

„Yes, Vinz. Mit diesem Jungen und seinen Kumpels vom Bolzplatz. – Und wenn du aus dem Urlaub zurückkommst, mal sehen, dann haben wir vielleicht sogar schon Trikots“, fügte Clemens mit einem geheimnisvollen Lächeln hinzu.

Die ersten Tage der Sommerferien waren Tonis absolute Lieblingstage – mal abgesehen von seinem Geburtstag und Weihnachten. Er wachte schon um Viertel vor sieben auf, konnte sich aber genüsslich in die Kissen zurücksinken lassen und musste sich bei nichts beeilen. Er konnte stundenlang mit Lisa frühstücken, ewig auf dem Klo rumtrödeln und sich erst mittags richtig anziehen, wenn er wollte.

In diesem Jahr wurde er allerdings täglich um zehn von Clemens abgeholt, damit sie alle Bolzplätze, Garagen und Hinterhöfe abklappern konnten. Denn in den Sommerferien wurde an allen Ecken und Enden des Viertels gekickt. Toni und Clemens kannten bald nicht nur alle Jungs im Viertel: Sie kannten auch deren Eltern, wussten, wer schon in einem Fußballverein war, wer Judo oder Tennis trainierte und deshalb keine Zeit mehr hatte und welche Mütter und Väter von Sportvereinen nichts hielten. Aber vor allem lernten sie zu unterscheiden, wer nur rumbolzte und wer wirklich spielen konnte.

Die beiden Freunde hatten schnell ein ganz gutes System entwickelt: Erst kickten sie ein bisschen mit, dann versuchten sie rauszufinden, wer in ihrem Alter war, und beobachteten die Spieler genau. Am Schluss ließen sie dann einfließen, dass sie einen Fußballverein gegründet hatten und noch Mitspieler suchten. Die meisten Jungs schüttelten erst mal den Kopf. Das sei doch sowieso zu teuer und würde nichts bringen.

Aber sobald Toni seinen Supertrumpf ausspielte, bissen sie alle an. Sie würden ihr Training auf einem der Nebenplätze am Südstadion abhalten. Das hatte Clemens' Vater mit der Stadt und dem Platzwart ausgehandelt. Und das hieß: Rasenplatz mit echten Toren und sogar eine Flutlichtanlage im Herbst.

„Und wer ist euer Trainer?", fragte Kevin, ein kleiner, drahtiger, ziemlich verbissener Hinterhofkicker, dessen Gesicht mit Sommersprossen übersät war.

„Keiner", sagte Toni. „Wir wollen keinen Schreihals am Spielfeldrand. Wenn wir uns zusammenreißen, kriegen wir das Training auch selber hin."

Das schien Kevin nicht zu schmecken, aber schon eine Woche später flatterte seine Anmeldung bei Familie Michaelis auf den Küchentisch. Und mit ihr sieben weitere! Da auch Roland, Mehmet und Fabio schon im neuen Verein waren, hatten sie plötzlich dreizehn Spieler!

„Jetzt müsst ihr schleunigst aufhören, Werbung zu machen", sagte Tonis Vater am Abend, als er mit Clemens, Toni und Lisa die Anmeldungen sichtete und sortierte. „Sonst kommt ihr mit dem Platz am Südstadion nicht aus und müsst eine zweite Mannschaft für die nächste Saison anmelden."

In diesem Augenblick klingelte es. Toni sprang auf und rannte zur Wohnungstür.

Im Treppenhaus stand ein ziemlich breiter Junge, der ein gutes Stück größer war als Toni, und fragte: „Bist du der Milchbubi, der Fußballer sucht?“

Toni kniff die Augen zusammen. Er hatte den Jungen früher schon mal gesehen.

Er wurde von allen nur „Tsatsiki“ genannt, weil er Grieche war. Toni und Clemens hatten auf dem Bolzplatz und in den Hinterhöfen vergeblich nach ihm Ausschau gehalten. So einen Typ wie diesen Jungen konnten sie ganz gut brauchen. Aber selbst wenn es Ronaldo persönlich gewesen wäre, wollte sich Toni nicht „Milchbubi“ nennen lassen!

„Nein, dieser Milchbubi bin ich nicht.“ Er schloss die Tür.

„Moment mal, Kevin und Ali haben gesagt, dass du noch Spieler suchst!“, rief der Junge und hämmerte an die Wohnungstür. „Ich bin ein spitzenmäßiger Stürmer!“

Toni verdrehte die Augen. Der Kerl war nicht nur breit und groß, er war auch noch ein schlimmerer Angeber als Vinz! Toni riss die Wohnungstür wieder auf und zischte: „Ich suche Fußballer, das stimmt, aber ich bin kein Milchbubi. Also bist du bei mir falsch, kapiert, Tsatsiki?“

„Und ich heiße nicht Tsatsiki, kapiert? Ich nenn dich ja auch nicht Sauerkraut oder Bratkartoffel!“, rief der Junge. Und etwas kleinlauter fügte er hinzu: „Außerdem war das mit dem Milchbubi nicht so gemeint.“ Er streckte Toni seine breite Tatze entgegen. „Ich bin Lexi.“

Toni schüttelte verdutzt die Hand. „Toni, ich heiß Toni.“

„Und ich bin Lisa“, sagte Tonis Schwester, die plötzlich im Flur auftauchte. „Ich spiel zwar nicht mit, aber hier ist das Anmeldeformular für den Verein. Das musst du deine Eltern unterschreiben lassen. Das erste Training ist am Dienstag in zwei Wochen um drei. Pünktlich, wenn ich bitten darf.“

Lexi starrte Lisa an, als hätte ihn der Donner gerührt, ließ sich von ihr das Anmeldeformular in die Hand drücken und tappte nachdenklich die Treppe hinunter, ohne sich zu verabschieden.

Als Toni und Lisa die Küche betraten, rief Clemens, der von der Küchenbank aus alles mitgehört hatte: „Weißt du, wer das war, Toni? Das war Tsatsiki! Mit dem besiegen wir alle!"

„Erstens heißt er Lexi, das hast du doch gehört, Clemens!" Toni setzte sich wieder an den Küchentisch. „Und zweitens ist er ein Angeber. Das gibt bestimmt Streit mit dem Kerl."

Tonis Vater zuckte mit den Schultern und sagte: „Hauptsache, ihr habt einen brauchbaren Stürmer, vor dem die anderen zittern." Aber dann fiel sein Blick auf die Uhr über der Tür. „Verflixt, ich hab gleich noch einen Termin mit einer Band! – Euer Abendessen steht im Kühlschrank. Nina muss auch bald nach Hause kommen."

Er hechtete aus der Küche, machte im Flur kehrt, sah noch einmal herein und sagte: „Das habt ihr gut gemacht, Clemens und Toni. Hut ab!" Aber dann rannte er los, um für irgendeine Musikgruppe die Bühne aufzubauen.

Clemens blätterte die Anmeldungen noch einmal durch. „Wenn wir Lexi und Fabio als Stürmer nehmen, Mehmet, dieser fiese Kevin und ich uns das Mittelfeld teilen, dann fehlen nur noch ein paar brauchbare Abwehrspieler. Und die werden wir uns schon zusammentrainieren, Toni. Dann wird unsere Mannschaft top!"

Lisa holte eine Flasche Limonade aus dem Kühlschrank. „Also, ich finde, wir stoßen endlich mal auf euren neuen Fußballverein an! Das ist doch echt spitzenmäßig gelaufen bis jetzt!"

Toni ließ sich neben Clemens auf die Eckbank gleiten und strahlte. Lisa hatte Recht. Es war wirklich viel leichter gewesen, Leute zu finden, als er gedacht hatte. Er blätterte die Anmeldungen durch.

„Das wird noch ganz schön hart", sagte Toni. „Die meisten können nur ein bisschen dribbeln oder benutzen eine Wand im Hinterhof als Bande, um an einem Gegner vorbeizukommen. Aber auf einem richtigen Fußballplatz gibt es keine Wände."

Lisa reichte beiden Limonadengläser und schenkte auch sich selbst etwas ein. „Abwarten, Toni. Ihr kriegt das schon hin." Sie stellte die Flasche zurück in den Kühlschrank und fragte: „Wie soll der Verein denn nun heißen? Oder habt ihr noch immer nicht über einen Namen nachgedacht?"

Toni grinste. „Den Namen haben wir schon längst."

Clemens nickte. „Vinz hat uns ein paar prima Ideen geliefert."

Lisa sah fragend von Clemens zu Toni. „Nämlich?"

Toni nippte schon mal an seinem Limonadenglas. „Vinz fand *Superpfeifen und Hinterhofkicker* ganz passend."

Lisa klappte der Unterkiefer runter. „Äh, wie? Soll das ein Witz sein?"

Clemens haute sich lachend auf den Schenkel. „Klar, das war ein doofer Vorschlag, weil der Name viel zu lang ist! Deshalb haben wir in der Mitte was rausgekürzt. Wir heißen jetzt …“

„Die *Superkicker*!“, riefen Toni und Clemens wie aus einem Mund.

Lisa lachte schallend los. „Perfekt! Der Name passt genau!“

Sie standen auf, prosteten sich zu und riefen: „Auf die *Superkicker*!“

Christine Nöstlinger

Fußballgeschichten vom Franz

Einmal sagte die Gabi beim Mittagessen zum Franz: „Um drei Uhr gehe ich in den Schubert-Park. Aber ohne dich."

Der Franz ließ den Suppenlöffel sinken, starrte die Gabi verdutzt an und dachte: Wir sind doch nicht zerstritten! Warum will sie mich nicht mitnehmen?

„Acht Mädchen aus meiner Klasse", erklärte die Gabi, „haben zusammen einen Fußballverein gegründet, den FC Girl. Wir treffen uns heute im Schubert-Park zum ersten Training."

„Warum denn im Schubert-Park?", fragte die Gabi-Mama. „Der Mozart-Park ist doch näher und schöner."

„Weil die Buben aus der Klasse vom Franz den Platz im Mozart-Park immer besetzt halten und wir uns nicht mit ihnen streiten wollen", sagte die Gabi zu ihrer Mama.

Dann fragte sie den Franz: „Na, wie findest du unseren FC Girl?"

Der Franz zuckte mit den Schultern, hob den Suppenlöffel wieder und löffelte drauflos. Über Fußball redete er nicht gern, seit ihn die Buben beim Fußballspielen nicht dabeihaben wollten. Er hat eben seinen Stolz! Niemand brauchte zu wissen, wie traurig und gekränkt er deshalb war.

Weil die Gabi keine Antwort bekam, boxte sie den Franz in die Rippen und rief: „He, was ist, bist du stumm geworden?“

„Aua-au, aua-au!“, wimmerte der Franz, ließ den Suppenlöffel fallen und presste beide Hände auf die Rippen. Obwohl die Gabi nicht fest geboxt hatte und ihm die Rippen nicht wehtaten. Aber wer wimmert, braucht auf lästige Fragen keine Antwort zu geben.

„Sei nicht so wehleidig“, rief die Gabi. „Du bist echt ein Prinz auf der Erbse!“

Und die Gabi-Mama rief: „Lass doch den Franz in Frieden!“

Die Gabi knallte ihren Suppenlöffel auf den Tisch und schrie: „Immer hältst du zu ihm!“ Dann sprang sie auf, rannte in ihr Zimmer und knallte die Tür ins Schloss.

Die Gabi-Mama sagte: „Nach der Suppe gibt’s Schnitzel. Schnitzel lässt sie sich nicht entgehen, sie wird gleich zurückkommen!“

Die Gabi ließ sich ihr Schnitzel wirklich nicht entgehen. Sie kam in die Küche, packte sich ihr Schnitzel auf einen Teller und marschierte wieder ab.

Der Franz musste sein Schnitzel allein essen. Dann half er der Gabi-Mama das schmutzige Geschirr in die Spülmaschine zu tun.

Nachher machte er am Küchentisch seine Rechenhausaufgaben.

Als er mit der letzten Aufgabe fertig war, kam die Gabi wieder aus ihrem Zimmer.

Vom Scheitel bis zu den Knöcheln in Lila. Lila Stirnband, lila T-Shirt, lila Shorts, lila Kniestrümpfe.

„Ist Lila eure Club-Farbe?“, fragte der Franz und dachte: Wenn sie antwortet, ist sie nicht mehr beleidigt.

Bei der Gabi ist das mit dem Beleidigtsein verschieden. Manchmal dauert es ewig lange, manchmal geht es schnell vorüber.

Die Gabi sagte: „Ich hätte lieber Pink gehabt, aber die Sandra hat gemeint, dass Pink nach Strampelhosen-Baby aussieht.“

„Stimmt!“, sagte der Franz. „Pink und Fußball passen nicht zusammen.“

Die Gabi rief „Tschüss!“ und marschierte zur Tür raus.

Die Gabi-Mama setzte sich zum Franz, kontrollierte alle seine Rechenaufgaben und fragte: „Willst du dem FC Girl nicht beim Training zuschauen?“

„Ich weiß doch nicht, ob die Gabi das will“, sagte der Franz.

„Na, hör mal“, sagte die Gabi-Mama, „ein Park ist für alle da. Wer im Park Fußball spielt, kann sich die Zuschauer nicht aussuchen.“

„Stimmt!“, sagte der Franz, steckte Heft und Stift in die Schultasche und dampfte ab.

Um zum Ballspielplatz zu kommen, musste der Franz quer durch den Schubert-Park laufen.

Auf halbem Weg kam ihm der Peter aus dem linken Nachbarhaus entgegen und sagte: „Beim Käfig ist Rambazamba!“

(Den Ballspielplatz nennen die Kinder „Käfig“, weil er einen hohen Gitterzaun rundum hat.)

„Was ist Rambazamba?“, fragte der Franz.

„Ein Tohuwabohu“, sagte der Peter.

„Was ist ein Tohuwabohu?“, fragte der Franz.

„Wenn der Bär los ist“, sagte der Peter.

Das verstand der Franz endlich.

„Wieso ist der Bär los?“, fragte er den Peter.

„Die Gabi und ein paar Mädchen wollen in den Käfig rein“, erklärte der Peter, „aber die großen Buben, die drin sind, gehen natürlich nicht raus." Dann lief der Peter weiter.

Der Franz lief auch weiter und dachte: Das ist doch immer und in jedem Park so! Wenn große Buben auf dem Platz sind, spielen sie, so lange sie wollen. Daran wird sich auch der FC Girl gewöhnen müssen. Gegen die großen Buben kommt niemand an, die sind in allen Parks die Kaiser!

Als der Franz zum Ballspielplatz kam, merkte er, dass er falsch gedacht hatte. Acht lila Mädchen hockten im Käfig auf dem Boden, im Schneidersitz, die Arme über der Brust verschränkt. Ein paar große Buben standen im Kreis um die Mädchen rum und glotzten dumm.

Die Gabi rief: „Wir haben genauso ein Recht auf den Platz wie ihr!"

Die Sandra rief: „Wir weichen nicht!"

Dann riefen acht Mädchen im Chor: „Jetzt sind wir dran! Jetzt sind wir dran!"

Einer der großen Buben schrie: „Raus!"

Die Gabi schrie: „Wenn ihr uns rauskriegen wollt, müsst ihr uns wegtragen!"

„Wird sofort erledigt!", sagte der Bub grinsend. Er bückte sich und griff nach der Gabi. Kaum hatte er sie gepackt, ließ er sie wieder los und schrie: „Spinnst du komplett?"

Die Gabi hatte ihn in die Hand gebissen!

Die anderen großen Buben besahen die gebissene Hand. Ein rosaroter Ring war auf dem Handrücken und im rosaroten Ring waren blutrote Punkte.

Ein Bub sagte: „Das Biest hat Haifischzähne!"

Ein anderer: „Die dürfte nur mit Beißkorb aus dem Haus!"

Und ein dritter: „Vielleicht hat sie die Tollwut!"

Der Franz stand vor dem Gitterzaun und hielt den Atem an. Er hatte Angst um die Gabi. Er dachte: Gleich wird ihr der gebissene Bub eine knallen!

Doch da sagte der größte der großen Buben: „Okay, überlassen wir ihnen den Platz für eine Stunde. Oder wollt ihr euch mit bissigen kleinen Ungeheuern prügeln?"

Das wollte anscheinend keiner der großen Buben. Sie schimpften noch ein bisschen rum, dann zogen sie aus dem Käfig ab.

Die Gabi rief ihnen nach: „Eine Stunde ist zu wenig, wir brauchen zwei!"

Der Franz setzte sich auf die Bank vor dem Käfig. Er konnte nicht fassen, dass die großen Buben einfach abmarschiert waren. Das hatten sie noch nie getan. Egal, ob man sie angeschrien oder lieb gebeten hatte, sie waren geblieben.

Der Franz dachte: Es muss daran liegen, dass es um Mädchen geht. Hätten Buben den Käfig besetzt, wären sie rausgeprügelt worden, bevor einer von ihnen hätte zubeißen können. Mädchen haben es eben leichter im Leben!

Eine halbe Stunde hockte der Franz auf der Bank und wartete auf das Training des FC Girl. Aber er wartete vergeblich.

Schuld daran war die Uschi.

Die Uschi ist ein großes, dickes Mädchen, das aussieht wie der Eberhard mit Zopf-Perücke.

Immer wenn die anderen endlich anfangen wollten zu spielen, rief die Uschi: „Moment, Moment, mir ist noch was unklar!"

Und dann fragte sie, ob die Torwartinnen zum Tor der Gegner laufen und ein Tor schießen dürfen? Ob es auch ein Foul ist, wenn man unabsichtlich rempelt? Ob man den Ball wirklich nie mit den Händen berühren darf? Ob es als Treffer gilt, wenn man irrtümlich ins eigene Tor ballert? Und was man tun soll, wenn man vom Rennen Seitenstechen kriegt?

Sie fragte so lange, bis der Gabi der Geduldsfaden riss und sie schrie: „Uschi, du bist blöder, als die Polizei erlaubt!"

„Das brauche ich mir nicht gefallen zu lassen", schniefte die Uschi und rannte aus dem Käfig. Auf die Wiese rannte sie und warf sich heulend ins Gras.

Dem Franz tat die Uschi Leid. Er wollte zu ihr gehen und sie trösten. Aber da kamen die Gabi und die Sandra aus dem Käfig und setzten sich zu ihm.

Die Gabi sagte: „Dich hat der Himmel geschickt!"

„Sieben Spieler für zwei Mannschaften sind nämlich zu wenig", sagte die Sandra.

„Übt Tore schießen", schlug der Franz vor.

„Tore schießen haben wir bei der Sandra im Hof lange genug geübt", sagte die Gabi.

„Du musst jetzt für die Uschi einspringen", sagte die Sandra.

„Ich spiel doch nicht in einem Mädchen-Team!" Der Franz schüttelte den Kopf.

„Warum nicht?", fragte die Gabi.

„Deshalb", sagte der Franz.

„Deshalb, deshalb", äffte ihn die Gabi nach. „Sag doch gleich, dass du uns für Fußballnieten hältst."

Der Franz zuckte mit den Schultern und dachte: Sie soll ruhig glauben, dass ich Mädchen für Fußballnieten halte! Den wahren Grund versteht sie sowieso nicht!

Der wahre Grund war, dass der Franz immer noch Angst hat, für ein Mädchen gehalten zu werden. Das ist ihm nämlich früher oft passiert. Wegen seinen blonden Locken, seiner Stupsnase, seinen veilchenblauen Augen und seinem Herzkirschenmund haben fremde Leute „Servus, kleines Mädchen“ zu ihm gesagt oder „Hallo, Kleine“.

Und das hat ihn fuchsteufelswild gemacht!

Seit die Nase vom Franz gewachsen ist, passiert das nicht mehr, aber er ist trotzdem auf der Hut. Er will nichts tun, was ihn in die Gefahr bringt, für ein Mädchen gehalten zu werden. Und wer in einem Mädchen-Fußballteam spielt, der begibt sich in diese Gefahr.

„Franz“, gurrte die Sandra, „tu uns den kleinen Gefallen.“

„Franz“, schnurrte die Gabi, „lass uns doch nicht im Stich!“

Da dachte der Franz: Lust zu spielen hätte ich. Beibringen könnte ich den Anfängerinnen auch allerhand. Und lila angezogen bin ich ja nicht. Jeder, der vorbeigeht, muss merken, dass ich nicht wirklich zum Verein gehöre! Also sagte der Franz: „Na gut!"

Die Gabi und die Sandra sprangen auf und zogen den Franz in den Käfig.

„Ich bin die Kapitänin der einen Vierermannschaft", erklärte die Gabi. „Die Sandra ist die Kapitänin der anderen. Du gehörst klarerweise zu meiner Mannschaft!"

„Kommt überhaupt nicht infrage!", rief die Sandra. „Der Franz spielt statt der Uschi und die Uschi war in meiner Mannschaft, also gehört der Franz zu mir!"

„Statt der Uschi geb ich dir die Evi ab", sagte die Gabi. „Weil der Franz nur mitspielt, wenn er in meiner Mannschaft sein kann." Sie blinzelte dem Franz zu. Das sollte heißen: Gib mir Recht!

Die Sandra rief: „Kein Wort hat er davon gesagt! Das behauptest du einfach! Aber es muss nicht immer nach deinem Kopf gehen!"

„Franz, sag ihr einfach, dass ich Recht habe!", rief die Gabi.

Der Franz ist meistens bereit, der Gabi Recht zu geben. Weil er nicht streiten will. Aber nun musste er doch widersprechen. Er schaffte es sogar ohne Gepiepse.

„Wenn die Uschi zum Sandra-Team gehört hat", sagte er, „ist irgendwie klar, dass ich bei der Sandra spiele."

„Na eben!", rief die Sandra.

„Blödmann!", zischte die Gabi dem Franz zu. Und zur Sandra sagte sie: „Ist mir doch sowieso schnurzpiepegal, bei wem der doppelstöckige Zwerg spielt."

Na warte, dachte der Franz. Du wirst schon merken, dass es nicht schnurzpiepegal ist, bei wem ich spiele!

Der Franz legte sich mächtig ins Zeug. Er schoss ein Tor nach dem anderen gegen das Gabi-Team. Aber je mehr Tore er schoss, umso unfairer wurde die Gabi. Sie rempelte den Franz an, trat ihm auf die Zehen und versuchte ihm ein Bein zu stellen. Jeder Schiedsrichter hätte sie vom Platz gejagt. Aber leider war kein Schiedsrichter da.

Christian Bienek

Die Tränerin

„Was ist los, Markus?“, wundert sich Sven. „Du trittst ja so langsam in die Pedale, als würdest du mit zwei Gipsbeinen radeln!“

„Mir steckt noch das Spiel in den Knochen!“, ächze ich. „Und zwar in jedem einzelnen.“

Svens Eltern überholen mich lachend.

„Wir müssen uns beeilen!“, ruft mir sein Vater zu. „Gleich kommt das Sonntagskonzert im Radio. Kennst du Igor Strawinsky?“

Ich schüttle den Kopf. „In welchem Verein spielt der denn?“

Kichernd dreht sich Svens Mutter zu mir um. „Interessierst du dich eigentlich für nichts anderes als für Fußball?“

„Doch“, antworte ich. „Zum Beispiel für die Bundesliga und für Nationalspieler und für Trikots. Wer soll denn das sein, dieser Igor Laspinski?“

„Frag deine Eltern!“, rät mir Svens Mutter. Dann winkt sie mir zu und beeilt sich, Svens Vater einzuholen, der schon hinter der nächsten Kurve verschwunden ist.

„Meine Eltern!“, schnaube ich wütend und höre nun ganz auf zu treten. „Ich hab keine Eltern!“

Ich steige vom Sattel und schiebe das Fahrrad auf den Bürgersteig. Es ist ein heißer Vormittag Anfang Juli. Ganz Sinzburg stöhnt schon seit Mittwoch unter der Hitze. Keine einzige Wolke hat sich seither am Himmel gezeigt. Statt auf dem Fußballplatz hätten wir die letzten Stunden lieber im Schwimmbad verbringen sollen.

Eine Minute später taucht Sven neben mir auf.

„Warum fährst du nicht weiter?“, brumme ich. „Du kommst noch zu spät zum Mittagessen!“

„Na und? Ich bin sowieso viel zu fett. Ich sollte weniger futtern und dafür mehr Sport treiben!“

Ich schaue unseren Torwart erstaunt an. „Mehr Sport treiben? Du bist doch im Fußballverein.“

„Stimmt. Aber seit Wochen spiele ich kaum noch richtig mit“, behauptet er. „Unsere Abwehr ist einfach zu gut. Eben bekam ich nur drei Bälle aufs Tor. Drei Stück!“

„Du ärgerst dich, weil wir 6:0 gewonnen haben?"

„Du doch auch!", erwidert er. „Du machst ein Gesicht, als hätte uns der FC Kellinghusen gerade mit 0:15 vom Platz gefegt. Dabei sind wir ab heute Tabellenführer! Hast du den Riesenapplaus nach dem Schlusspfiff gehört?"

Ja, hab ich! Und ich war garantiert der einzige Spieler auf dem Platz, der sich nicht darüber gefreut hat. Schuld daran sind meine Eltern. Statt sich dieses enorm wichtige Spiel anzuschauen, sind sie lieber zu Hause geblieben und haben sich irgendwelche Dias angeguckt. Na toll! Sogar Herr Wiedemann, unser alter Nachbar, hat sich trotz der Bullenhitze auf den Weg zum Fußballplatz gemacht.

Schweigend schieben Sven und ich unsere Räder nebeneinander her. Sogar zum Sprechen ist es eigentlich zu heiß. Aber Sven lässt nicht locker. Nach einer Weile fängt er wieder an: „Nun sag schon, warum du so griesgrämig aus der Wäsche schaust. Bist du sauer, weil du nur vier Tore geschossen hast?"

„Quatsch! Ich bin stinkig wegen meinen Eltern. Können sie sich nicht wenigstens einmal im Jahr auf den Platz verirren, wenn wir ein Spiel haben? Alle hatten heute ihre Eltern dabei, nur ich nicht. Deswegen könnte ich echt heulen!"

Und genau das tue ich auch. So ein Mist, dass ich die Tränen nicht zurückhalten kann! Gleich macht Sven bestimmt Witze über meine Flennerei.

Nein, macht er nicht. Stattdessen fischt er ein Taschentuch aus seiner kurzen Hose und drückt es mir in die Hand. Wir bleiben stehen, damit ich mir die Nase putzen kann.

„Ist ja wohl kein Wunder, dass sich deine Eltern nichts aus Fußball machen!", meint Sven. „Ein paar Spinner, die hinter einer kleinen Lederkugel herjagen, um sie in einen großen Kasten zu befördern – wie öde! Bei dem Spiel heute hab ich mich fast zu Tode gelangweilt. Wenn ich nicht fünf Tüten Lakritz dabeigehabt hätte, wäre ich eingeschlafen!"

„Na, Jungs?" Unsere Trainerin bremst ihr nagelneues Mountainbike neben uns. „Habt ihr einen Platten?"

„Nein, wir sind selber platt", jammert Sven.

Frau Unger lächelt. „Tatsächlich? Ist Lakritz zu kauen denn so anstrengend?" Plötzlich mustert sie mich mit ernster Miene und fragt: „Was ist mit deinen Augen los, Markus? Ist da 'ne Fliege drin?"

Ich nicke, werde dabei aber knallrot, was Frau Unger natürlich nicht entgeht.

„Oder hast du geweint?", fragt sie. „Denk dran: Als Trainerin kenne ich mich gut mit Tränen aus. Es hat also wenig Sinn, sie mir verheimlichen zu wollen."

„Hm."

„Willst du mir nicht sagen, was los ist?"

Nein, will ich nicht. Aber wozu hat man Freunde, die einem auch dann die Worte aus dem Mund nehmen, wenn gar keine drin sind?

„Markus ist traurig, weil seine Eltern nicht zum Spiel gekommen sind“, sagt Sven.

„Na ja, vielleicht hatten sie was Wichtigeres vor“, vermutet Frau Unger.

„Nein, hatten sie nicht!“, widerspreche ich. „Statt neuer Tore wollten sie sich lieber alte Dias angucken.“

„Da haben deine Eltern aber wirklich was verpasst“, stellt Frau Unger fest. „So gut wie heute hast du noch nie gespielt. Und das werde ich ihnen jetzt auch mitteilen.“

Sie steigt vom Rad und zückt ihr Handy.

„Nummer?“

Ehe ich gegen Frau Ungers Einfall protestieren kann, hat ihr Sven schon unsere Nummer verraten. „Ja, hallo? Hier ist Frau Unger, die Fußballtrainerin von Markus. – Nein, es ist nichts Schlimmes passiert, sondern was Gutes: Ihr Sohn hat vier Tore geschossen! – Nein, keine Eigentore. Auch keine Elfmeter. Richtige Tore! – Aha. Ja, sag ich ihm. Auf Wiederhören!“

Unsere Trainerin verdreht die Augen, als sie das Handy in ihrer Jeans verschwinden lässt.

„Und?“, frage ich. „Hat mein Vater was zu den Toren gesagt?“

„Nicht direkt“, antwortet Frau Unger ausweichend.

„Hat er was zum Spiel gesagt?“

„Eigentlich nicht.“

„Was hat er denn gesagt?“, bohre ich nach.

„Dass du dich beeilen sollst, weil der Schweinebraten schon auf dem Tisch steht.“

Ich stöhne auf, worauf mir Frau Unger eine Hand auf die Schulter legt.

„Tröste dich, Markus!“, seufzt unsere Trainerin. „Früher haben sich meine Eltern auch nicht für Fußball interessiert.“

„Und heute?“

„Heute interessieren sie sich immer noch nicht dafür, aber das macht mir nichts mehr aus.“ Sie schwingt sich auf den Sattel. „Ich wünsche euch noch einen schönen Sonntag, Jungs!“

Nachdem sie uns zugezwinkert hat, radelt sie davon.

„Wenn du willst, können wir die Eltern tauschen“, schlägt Sven vor. „Ab sofort kannst du meine haben, wenn ich deine kriege.“

„Das würdest du im Ernst tun?“

Sven nickt heftig. „Na klar! Für Schweinebraten tu ich alles!“

Kurz bevor ich zu Hause ankomme, beschließe ich, mit meinen Eltern nie mehr ein Wort über Fußball zu reden. Und diesen Entschluss halte ich auch eisern durch – allerdings nur zwei Tage lang.

Am Dienstagabend möchte ich mir unbedingt das Länderspiel zwischen Deutschland und Italien im Fernsehen angucken. Doch als ich um Viertel nach acht im Wohnzimmer auftauche, läuft da ein alter Spielfilm.

„Kann ich umschalten?“, frage ich meinen Vater, der sich hinter der Zeitung verschanzt hat. „Das Länderspiel hat eben angefangen.“

„Fußball!“, mault Vater, ohne den Blick von der Zeitung zu wenden. „Wer will sich das schon antun?“

„Also ich nicht“, erklärt meine Mutter, die mit dem Kreuzworträtselheft auf dem Schoß im Sessel sitzt. „Dieser Liebesfilm ist wirklich rührend. Ich habe ihn schon dreimal gesehen.“

„Dann kennst du ihn ja auswendig!“, knurre ich. „Schaltet doch bitte um!“

Meine Eltern bleiben hart.

„Du weißt, dass wir uns nicht für diesen dämlichen Sport interessieren“, erklärt Vater. „Natürlich haben wir nichts dagegen, dass du selbst Fußball spielst. Aber warum sollen wir lächerliche Streitereien um einen kleinen Ball auf dem Bildschirm verfolgen? Das kannst du beim besten Willen nicht von uns verlangen!“

„Na schön!“, erwidere ich gereizt. „Dann verlange ich was anderes: zwanzig Mark mehr Taschengeld!“

„Wie bitte?“ Vater lässt die Zeitung sinken. „Was willst du denn mit dem Geld?“

„Für einen eigenen Fernseher sparen, damit mir bei der Weltmeisterschaft kein einziges Spiel entgeht.“

„Wenn du dein bisheriges Taschengeld gespart hättest, könntest du dir jetzt sogar ein eigenes Kino kaufen“, behauptet Vater schmunzelnd. „Aber du hast ja noch nie einen Pfennig zur Seite gelegt.“

„Warum eigentlich nicht?“, fragt Mutter.

„Weil ich mir ab und zu was kaufe“, antworte ich. Worauf Vater kopfschüttelnd wiederholt: „Kaufen! So was Sinnloses! Die schönsten Dinge der Welt sind doch kostenlos: der Gesang der Vögel, der Duft der Blumen, das Schweigen im Wald.“

Mit ganz verträumten Augen schaut Vater zur Decke hinauf. Dann klemmt er sich wieder hinter seine Zeitung. Mutter ist mit ihrem Kreuzworträtsel beschäftigt. Wahrscheinlich bekämen die beiden gar nichts davon mit, wenn ich jetzt umschalten würde. Die Fernbedienung liegt auf dem Sofatisch. Ich strecke vorsichtig meinen Arm aus.

„Ach du Schande!“, schreit mein Vater plötzlich so laut, dass ich erschrocken zusammenzucke. „Hier steht, dass ein sechzehnjähriger Junge aus Barcelona zwei Millionen Mark im Jahr verdient. Zwei Millionen! Stellt euch das mal vor!“

„Mit sechzehn?“, fragt Mutter erstaunt. „Was macht der denn beruflich?“

„Fußball spielen!“, sagt Vater. „Der Junge bekommt zwei Millionen Mark im Jahr, weil er so gut gegen diese Lederkugel treten kann.“

Auf einmal durchbohrt mich Vater mit einem ganz seltsamen Blick.

„Markus!“, schreit er laut und springt vom Sofa. „Markus!“

Mutter hebt den Kopf. „Warum schimpfst du mit ihm? Hat er seine Hausaufgaben noch nicht gemacht?“

„Die braucht er nie mehr zu machen!“

„Äh – und wieso denn nicht?“, erkundige ich mich verdattert.

„Vergiss die Schule, mein Junge!“ Mein Vater ist total aus dem Häuschen. Er packt mich an den Schultern und rüttelt mich. „Du wirst uns reich machen! Frau Unger hat doch vorgestern angerufen und gesagt, du bist der beste Spieler auf dem Platz gewesen. Mensch, Markus, in dir steckt ein Millionär! Ab sofort interessiere ich mich für Fußball!“ Hastig schnappt er sich die Fernbedienung und schaltet zum Länderspiel um. „Welche Mannschaft ist denn Bayern München? Die blaue?“

„Gar keine. Da spielt Deutschland gegen Italien.“

„Aha. Das ist also die Bundesliga.“

„Nein!“

Mutter lacht. „Nun lass doch unseren Sohn in Ruhe das Spiel genießen.“

„Sohn?“ Mein Vater strahlt mich an. „Das ist nicht mehr unser Sohn!“

„Sondern?“

„Eine Goldgrube!“

Thomas Fuchs

Die Profikicker

Es ist so weit. Heute habe ich den ersten Schritt in eine große Zukunft getan. Was jetzt kommt, wird später einmal als der Anfang einer unglaublichen Erfolgsgeschichte bezeichnet werden.

Ich bin Teamchef, Präsident oder Manager eines Fußballteams. *Meines* Fußballteams. Na ja, ich bin es fast oder bald. Denn ich habe heute an einigen wichtigen Plätzen, nämlich an Schulhöfen, Bolzplätzen und am Jugendzentrum, meinen Aushang angepinnt.

PROFIFUSSBALLTEAM SUCHT TALENTE.
Du glaubst, du wärst ein guter Fußballer?
Neues Profiteam unter erfahrener Leitung
gibt Nachwuchsspielern eine Chance.
Unser Motto:
Mit Fußball REICH werden.
Kontakt/Vorspiel:
Kleingartenkolonie Grüne Lunge 56, Laube 24.
Mo–Fr ab 15.00 Uhr

Ich rechne damit, dass mir bereits morgen Nachmittag meine zukünftigen Kicker die Bude einrennen. Besser gesagt, meine Klubzentrale, denn ich darf Opas Gartenlaube als Vereinsheim nutzen. Dank Opas Geburtstagsgeschenk, dem großen Fußballmanager-Handbuch, bin ich außerdem auch fachlich auf dem neuesten Stand, und die nötige persönliche Reife habe ich mit elf sowieso. Was die Fußballstrategie angeht, da kann mir ebenfalls niemand das Wasser reichen. Ich habe zwar nur die alte Version der Bundesliga-Gamestation, aber da belege ich mit meinem Team regelmäßig den ersten Platz. Gut, es ist nur ein Computergame, aber die Grafik und das, was die Spieler können, ist voll echt. Der Sportreporter ist von meinem Team jedenfalls immer nur begeistert.

Was mich an meiner Mission ja am meisten reizt, ist, dass man mir endlich zuhören wird. Seit Jahren reifen in meinem Kopf Trainingspläne, Spielzüge wie Achter-Kette, dreifache Außenverteidiger, hängender Stürmer oder völlig neue Standardsituationen. Und jetzt bin ich endlich in der Lage, all diese Pläne zu realisieren.

Und eines Tages werde ich in der Schalke-Arena, im Bernabeu- oder im Olympiastadion stehen. Mit meinem Team, dessen Name in einem Atemzug mit Real Madrid, Bayern München, Manu oder Inter Mailand genannt wird. Eine Elf, die Erfolge rund um den Globus erspielt, deren Spieler das Rückgrat der Nationalmannschaft bilden und deren Poster über dem Bett eines jeden Fußballfans hängen. Und am Tag unseres dramatischen Sieges im Champions-League- oder im UEFA-Cup-Finale werden die Spieler zu mir kommen und sich mit Tränen in

den Augen für meine fußballerische Genialität bedanken wollen. Und ich antworte dann: „Ihr braucht mir nicht zu danken. Spielt einfach weiter so. Euer Spiel ist mir Lohn genug.“ Mehr werde ich nicht sagen.

Was ich morgen den ausgehungerten Fußballhungrigen sagen werde, das habe ich mir auch schon überlegt. Wenn sie in Scharen auf Opas Laube drängen, um in meinem Team mitspielen zu dürfen, dann wird die Frage aller Fragen mir sicher helfen, die guten Spieler herauszufiltern.

Erst lasse ich sie kicken, und wenn sie dann ausgepowert sind, werde ich sie fragen: „Woran denkst du morgens beim Aufwachen und abends beim Einschlafen?" Antwortet jemand dann „an Fußball!", ist er mein Mann.

Den Trick hat mir meine Mutter verraten. Ich hatte sie gefragt, ob und wie ich Fußballmanager werden könnte. Ein Teamchef, einer der großen Fußballmacher im Hintergrund, so wie die Brüder Uli und Dieter. Und da hat Mama gefragt, ob ich morgens als Erstes und abends als Letztes darüber nachdenken würde. Als ich das bejaht habe, denn das ist bei mir schon seit Jahren so, hat meine Mutter gemeint: „Dann bist du schon längst einer!" Und dass ich abwarten solle, ich würde schon meinen Weg gehen.

Ich denke, sie hat Recht damit. Denn ich fühle und ich weiß: Ich bin der richtige Mann dafür! Ich liebe Fußball, ich lese alles, was mir darüber in die Finger fällt, und jeden Samstag hänge ich erst am Radio und anschließend vor der Glotze. Wenn ich dürfte, würde ich noch die Fußballspätsendungen sehen. Jeden Nachmittag stehe ich auf einem der Sportplätze in unserer Umgebung und sehe mir von Training bis Regional-Liga-Spiel einfach alles an. Fußball ist meine Welt, da gehöre ich hin, und wenn ich ein Team, egal welches, spielen sehe, muss ich es anfeuern und noch lieber den Spielern erklären, was sie besser machen müssten. Das wird nicht immer gerne gehört, doch an Anfeindung habe ich mich inzwischen gewöhnt. Es geht mir um Fußball, dafür muss man Opfer bringen. Apropos Opfer. Erst hatte ich überlegt selbst zu spielen, doch ich denke, es ist sinnvoller, mein

Fußballtalent in den Dienst der Allgemeinheit zu stellen. Von meinem fußballerischen Wissen kann ein ganzer Verein profitieren.

Doch ich darf nicht zu weit vorausgreifen. Vor dem Spiel ist nach dem Spiel. Und das heißt für mich, Schule wird demnächst etwas zurücktreten müssen, meine Eltern werden das sicher verstehen. Alles auf einmal, das geht nicht. Opa sagt immer, man muss Prioritäten setzen. So ganz genau weiß ich nicht, was er damit meint, aber er sagt es immer dann, wenn er sich zwischen verschiedenen Dingen entscheiden muss. Stichwort Opa. Er hat sich bereit erklärt, mir in der Aufbauphase etwas unter die Arme zu greifen. Opa ist überhaupt in meiner

Familie derjenige, der mich am meisten unterstützt. Vielleicht sollte ich später ein Stadion nach ihm benennen. Das Opa-Bernhard-Alois-Reinhold-Stadion. Klingt doch nicht schlecht.

Opa ist echt erste Liga. Er stellt mir seine Laube als Zentrale zur Verfügung, er hat mir einen neuen Ball gekauft und das Buch. Wenn wir samstags zusammen im Radio die Konferenzschaltung hören, dann streiten wir uns anschließend immer darüber. So richtig echt, über die Aufstellungen, die Chancen und welcher Spieler der beste war. Ich habe ja Opa in Verdacht, dass er Fan von Eintracht Frankfurt ist, wogegen ja nichts zu sagen wäre, ich mag Frankfurt ja auch. Nur, das Management dort! Wer Fußball ernst nimmt, kommt um Bayern München, Bayer Leverkusen, Hertha BSC Berlin und meinetwegen Borussia Dortmund nicht herum. Da sitzen die Leute, die wissen, dass zum Fußball heute mehr gehört als einfach nur den Ball herumzukicken. Und an denen nehme ich mir ja auch mein Beispiel.

Daher, Frankfurt, schön und gut, meinetwegen auch Schalke, aber deshalb gleich Fan …? Das ist so unprofessionell! Aber das ist Opa egal, glaube ich zumindest. In manchen Dingen ist er wirklich komisch drauf. So sagt er beispielsweise auch immer, wer gut spielt, den feuert er an. Und das meint er ernst! Bei der letzten Weltmeisterschaft, da war er nicht immer für Deutschland! Das muss man sich doch mal vorstellen: Da spielt unsere Nationalmannschaft gegen Brasilien und mein Opa drückt die Daumen für Rivaldo und Co. Nur weil die angeblich den schöneren Fußball spielen. Als ob es darum ginge! Wenn er Schönheit will, dann soll er sich 'ne Misswahl ansehen! Fußball, da geht es ums Gewinnen, und dass deutscher Fußball einer der besten der Welt ist, das weiß ja wohl jeder! Wenn nicht gar *der* beste. So, das musste ja mal gesagt werden. Jedenfalls, mit dieser Einstellung kann er nie Teamchef der Nationalmannschaft werden. Will er aber auch wohl nicht mehr. Aber sich weiter darüber aufzuregen, ist müßig, vor mir liegt erst ein anderer Job, der erledigt werden will. Der morgige Tag wird spannend.

Es ist jetzt halb vier und zu meiner großen Verwunderung bin ich noch immer allein in Opas Laube. Wahrscheinlich hätte ich besser pünktlich 15.00 Uhr, anstatt *ab* 15.00 Uhr schreiben sollen. Wo bleiben die Leute bloß? Die Kleingartenkolonie Grüne Lunge 56 steht doch in jedem Stadtplan.

Da, ich sehe jemanden die Mittelpromenade heraufkommen. In der Hand … jawohl, in der Hand meinen Aushang!

Etwas dick ist der Junge und der Gang ist irgendwie watschelnd. Abwarten und cool bleiben.

„Ist hier Laube 24?“, fragt der Kerl.

Ich nicke.

„Bin ich der Erste?“, erkundigt sich der arrogante Fettsack.

„Ne, zu spät!“, lüge ich. „Das Team ist längst komplett und zum Warmwerden habe ich sie gleich auf einen kleinen Zwanzig-Kilometer-Lauf geschickt.“

„Mist!“, flucht der Junge, wahrscheinlich ein halbes Jahr älter als ich. „Echt, gleich zwanzig Kilometer?“

„Erstes Training“, sage ich cool. „Wenn du dich beeilst, holst du sie vielleicht noch ein. Sie sind in Richtung Kanal.“

„Muss nicht sein!“ Der Junge setzt sich ungefragt auf die kleine Bank neben meinem Tisch. „Ich heiße Malte.“

„Ich bin der Teamchef.“

„Aha.“

Sicher drei Minuten sagt keiner von uns etwas. Dann fragt Malte: „Ist schon komplett voll, wie?“

Ich blättere in meinen Unterlagen auf dem Tisch. „Ziemlich, aber es gibt ’ne Warteliste. Kommt darauf an, was du so ballmäßig draufhast.“

Malte nickt und schleppt sich rüber auf Opas Liegewiese. Er pult einen dieser kleinen sandgefüllten Bälle aus der Hosentasche und dann legt er los. Linker Fuß, rechter Fuß, linker Fuß und so weiter. Mal vorne, mal hinten. Bei vierundsiebzig höre ich auf zu zählen. Echt schräg – der Junge ist zwar oben rum etwas rundlich, aber die Beine sind wie von einem anderen Körper. Die schnellen vorne und hinten einfach so heraus.

„Kannst ja mal Adresse und Telefonnummer dalassen“, sage ich. „Aber mach dir lieber keine zu großen Hoffnungen.“

Malte kickt den kleinen Ball hoch, fängt ihn auf und steckt ihn wieder ein. „Malte Schneider …“, beginnt er. „Ich schreibe Adresse und Telefonnummer auf einem Extrazettel auf.

„Kommt der …“, Malte faltet den Aushang auseinander, „… erfahrene Leiter heute noch mal?“

„Er sitzt vor dir!“, antworte ich.

„Du?“

„Genau!“ Mit solchen ignoranten Reaktionen habe ich gerechnet und mir daher ein paar passende Antworten zurechtgelegt. Ich wähle gleich die schlagkräftigste aus. „Wenn einer erst elf ist, dann heißt das nicht, dass er keine Erfahrung hat. Du kannst dich darauf verlassen, ich weiß, wie man ein Team an die Weltspitze bringt. Außerdem, ich habe zwei Onkel, die machen das berufsmäßig, denen helfe ich schon seit Jahren, da bleibt dann schon was hängen."

„Was für Onkels denn?", erkundigt sich Malte misstrauisch.

„Namen spielen keine Rolle", erkläre ich und sage dann ganz betont nebenbei: „Aber sagt dir Hertha und Bayern was?"

Malte entfährt ein Pfiff. „Die Hoe...!"

„Namen spielen keine Rolle!", unterbreche ich ihn. „Also ich hab deinen Namen auf der Liste, wenn sich was ergibt, melde ich mich bei dir."

„Ist ja hammerhart ...!" Malte watschelt in Richtung Gartentor. Auf der Promenade dreht er sich noch einmal um und winkt. Mit meinen wichtigen Listen beschäftigt, winke ich beiläufig zurück. Anscheinend ein wirklich schlagendes Argument, das mit meiner angeblichen Verwandtschaft.

„Na, war der was?" Opa Bernhard steht vor mir.

Ich zucke mit den Schultern. Opa nickt bedächtig und meint: „Zumindest ein Anfang. Aber Henry, nie übertreiben!"

Ich nicke, obwohl ich mir nicht sicher bin, was genau Opa damit meint. Er ist gerade in der Laube verschwunden, da stehen zwei neue Jungen am Gartentor. Es sind zwei Türken.

„Fußball?", ruft der eine. Ich winke sie herein. Als sie näher kommen, stelle ich fest, es sind wahrscheinlich doch keine Türken, aber so ähnlich.

„Ich bin Mladen“, stellt sich der Größere der beiden vor. „Und das ist mein Bruder Vlad.“

„Außenverteidiger!“, erklärt der Kleinere.

„Ich stürmender Rechtsaußen.“

Ich nicke und überlege, was ich jetzt machen soll. Eigentlich hatte ich mir mein Team eher so mit vielen kleinen Sebastian Deislers vorgestellt, mit vielleicht einem echt guten schwarzen Kicker, vielleicht auch zwei, aus Ghana oder Brasilien stammend. Aber die zwei hier, beide komplett schwarz gekleidet, hautenge T-Shirts, enge Jeans, dicke Goldketten um den Hals, die passen so gar nicht in mein Bild.

„Wir sind Kroaten!“, erklärt Mladen.

„Klar!“, antworte ich. Kroatien, das war dieses kleine Land unten am Mittelmeer, da kamen einige Fußballer her. Trotzdem, so ganz geheuer sind mir die beiden nicht.

„Du Teamchef?“, fragt der Kleinere.

Ich stehe auf und strecke den beiden meine Hand entgegen. „Teamchef Henry!“

„Wann Probetraining, Coach?“ Mladen schlägt in meine Hand ein.

„Sofort!“ Ich zeige rüber auf Opas Liegewiese.

„Wo Ball?“, fragt Vlad.

Ich schiebe mit dem rechten Fuß meinen neuen Ball unter der Bank hervor. „Legt los!“, fordere ich die beiden auf und kicke den Ball rüber aufs Gras.

Fünf Minuten später sind drei von Opas Tomatensträuchern kaputt, ebenso ein paar der großen Sonnenblumen. Es war spannend, anzusehen, was die beiden da mit dem Ball gemacht haben, aber ob das jetzt Fußball war, bezweifle ich. Sie treten nach allem, was sich bewegt, besonders Vlad, der Jüngere. Andererseits, sie zeigen echten Einsatz – die eine Goldkette ist zerrissen, und wenn die Klamotten der beiden nicht schwarz wären, dann wären sie jetzt braun. Ich komme zu dem Fazit, dass die beiden eine lohnende Herausforderung sind. Und außerdem, wer mich sofort Coach nennt, ist mein Spieler.

„Danke, es langt!"

Die beiden kommen keuchend zu mir zurück.

„Mladen, Vlad ...", ich schiebe ihnen Schreibunterlagen und Stifte rüber, „herzlich willkommen im Team. Adresse und Telefonnummer bitte gut leserlich aufschreiben. Erstes Training ist Donnerstag, 17.00 Uhr, drüben auf der großen Wiese im Bäke-Park."

Die beiden strahlen.

„Geil Coach!", entfährt es Vlad und eifrig schreiben die beiden ihre Angaben auf.

Ich setze mich, lehne mich im Stuhl zurück und bevor wir uns zum Abschied die Hände drücken, bemerke ich noch: „Ihr könnt bis Donnerstag schon mal etwas Kondition machen. Laufen, schwimmen, Rad fahren."

„Mladen kann Rad fahren nicht", sagt Vlad, wofür er einen Tritt kassiert.

„Geht klar!" Mladen strahlt. „Wir machen sauviel Kondition!"

Immer noch schnaufend entschwinden die beiden in Richtung Ausgang der Kleingartenkolonie. Während ich den beiden nachsehe, kommt mir der Gedanke, dass ich, falls ich die Jungs einfach so im Park getroffen hätte, wahrscheinlich weggelaufen wäre. Und jetzt sagen die beiden Coach zu mir. Das Leben als Teamchef ist wirklich wunderbar.

Opa geht zu seinen entwurzelten Tomatenpflanzen und versucht sie wieder einzugraben. Im Vorbeigehen nickt er.

In der kommenden halben Stunde tauchen noch zwei weitere Jungs auf. Die beiden heißen Julian und Björn und beide sehen völlig normal aus. Durchschnittliche elfjährige Jungen eben. Sie fragen nicht viel und Björn

stellt sich mit dem Ball gar nicht so schlecht an. Zumindest muss Opa anschließend nicht wieder aktiv werden.

Zusammen mit dem dicken Malte habe ich jetzt schon fünf Namen auf meiner Teamliste. Nicht schlecht für den ersten Nachmittag. Das findet Opa auch und zur Feier des Tages lädt er mich zu seinem Lieblingsgriechen ein. Während wir beide auf unser Gyros warten, spielen wir unser Lieblingsspiel. Wir stellen die beste Elf aller Zeiten auf. Das klingt leichter, als es ist, denn erstens kennt Opa viel mehr Spieler von früher und zweitens haben Opa und ich völlig verschiedene Meinungen – besonders was Matthäus angeht. Für mich gehört er selbstverständlich ins Team und am liebsten gleich elfmal, während Opa ihn als Blender beschimpft. Wieder einmal einigen wir uns darauf, dass Matthäus zwar ins Team kommt, aber wegen einer Verletzung zufälligerweise auf der Bank sitzen muss.

Abends im Bett, nach einer Stunde Computergame, fällt mir ein, dass ich vergessen habe, meinen Spielern die Frage aller Fragen zu stellen. Wird dann eben beim ersten Training von mir nachgeholt. Während ich noch den genauen Trainingsplan dafür aufstelle, schlafe ich ein.

Ulli Schubert

Pokalfieber

Frisch und munter und ausgeschlafen versammelten sich die Kicker des FC Eimsbüttel am nächsten Morgen in ihrem Aufenthaltsraum. Nach dem Frühstück hatten sie ein leichtes Aufwärmtraining gemacht und eine Viertelstunde gekickt, um ein Gefühl für den Ball zu bekommen. Dann hatten sie sich das erste Spiel ihrer Gruppe angesehen, das die Mannschaft des SV Werder Bremen mit 6:1 gewonnen hatte. Im Moment lief das erste Spiel der zweiten Gruppe. Die Kicker waren schon fertig umgezogen. Nur die Fußballschuhe hielten sie in den Händen. Endlich ging es los.

„Jetzt geht's lohos, jetzt geht's lohos", sang Mahmut und alle machten mit: „Jetzt geht's lohos, jetzt geht's lohos …"

„Seid mal leise, Jungs", meldete der Trainer sich zu Wort und wartete, bis der Chor abebbte und seine Spieler auf ihren Plätzen saßen. „Ihr habt Recht: Jetzt geht es wirklich los. Und wir müssen uns verdammt anstrengen. Ich muss euch gestehen, dass ich keine Ahnung habe, wie gut die anderen sind. Vermutlich sind die Bremer unsere stärksten Gegner. Ihr habt sie eben ja selbst gesehen. Also müssen wir zumindest die anderen beiden

Mannschaften schlagen, damit wir in die Endrunde kommen. Und ich weiß, dass wir das können. Ich will, dass wir da rausgehen und allen zeigen, wer wir sind und dass wir Fußball spielen können. Ist das klar?!“

„Ja!“, schrien die Spieler.

„Gut“, sagte der Trainer. „Ich nenne euch jetzt die Mannschaftsaufstellung. Im Tor spielt Sven. Armin spielt als Libero hinter der Abwehr. Die Manndecker sind Silvio und Gerd, und Jörn steht vor der Abwehr. Lars, André und Ilja spielen im Mittelfeld, René als Bindeglied zwischen Mittelfeld und Sturm. Und die Stürmer sind Mahmut und Michi …“

Die Aufstellung war keine Überraschung. Mit Ausnahme von Sven im Tor war das die Stammelf, die auch bei den Punktspielen auflief.

„Gut, kommen wir zu den Ersatzspielern“, fuhr der Trainer fort.

„Ergänzungsspieler“, verbesserte Käthe leise.

„Entschuldigung, Käthe, du hast Recht: Ergänzungsspielern.“ Die anderen kicherten. Der Trainer schmunzelte und sah Käthe an. „Du, Joey, Philipp und Olli, ihr vier haltet euch während des gesamten Spiels in Bewegung. Ich möchte, dass ihr warm seid und sofort eingewechselt werden könnt, wenn es nötig ist. Verstanden?“

„Und wann ist es nötig?“, maulte Joey.

Der Trainer atmete tief durch und ließ einen Blick über sein Team wandern. „Ich kann mir vorstellen, dass ihr enttäuscht seid. Aber ich sage es gerne noch einmal: Jeder gehört zur Mannschaft.“

„Jaja“, sagte Joey und dachte nur: dummes Gewäsch! Ihm war völlig egal, ob er dazugehörte oder nicht. Er wollte nur eines: spielen! Alles andere war bloß Gerede.

„Jeder“, wiederholte der Trainer. „Du auch, Joey. Genau wie Käthe und Philipp. Und natürlich Olli. Jeder! Wir alle sind die Mannschaft. Was wäre ein Team ohne Ersatz… sorry: Ergänzungsspieler! Aber es können eben nur elf aufs Feld. Doch vertraut mir. Jeder wird im Laufe des Turniers eingesetzt. Die Turnierregeln erlauben, dass in jedem Spiel der Torwart und zwei Feldspieler eingewechselt werden dürfen. Und ich werde das ausnutzen. Okay?“

Wieder wanderte der Blick über die Gesichter der Kicker. Joey, Philipp und Käthe sahen nicht mehr so enttäuscht aus. Olli hatte sowieso nicht daran geglaubt, dass er beim ersten Spiel dabei sein würde. Aber auch er wollte zumindest einmal im Tor stehen.

„Gut, dann lasst uns jetzt rausgehen und richtig guten Fußball spielen. Zeigt denen da draußen, dass wir das können!"

Die Spieler sprangen von ihren Plätzen und formierten sich zu einem Kreis. Sie fassten sich an den Schultern und beugten sich vor.

„Die Formel!", flüsterte der Trainer.

„Wir werden siegen!", zischte Armin.

„Wir werden siegen", brummten die Jungen, „wir werden siegen, wir werden siegen …" Immer lauter sagten sie den Spruch und wippten dabei mit den Oberkörpern. „Wir werden siegen, wir werden siegen …" Lauter und lauter, höher und höher, bis sie schließlich hochsprangen und herausschrien: „Wir werden siegen, yeah!"

„Okay, und jetzt raus mit euch!" Der Trainer löste den Kreis auf und klatschte jeden Spieler ab.

Michi drückte dem Trainer den Käfig mit Herkules in die Hand. „Passen Sie gut auf ihn auf", sagte er.

Mit spitzen Fingern hielt der Trainer den Käfig. „Stopp, Michi, warte!"

Doch der Linksaußen lief schon den Gang entlang, den anderen hinterher. Vor dem Haus zogen sie ihre Fußballschuhe an und trabten zu den Plätzen. Kopfschüttelnd überlegte der Trainer, wo er die Ratte lassen konnte. Doch ihm fiel nichts ein und so folgte er seiner

Mannschaft, in der einen Hand seinen Notizblock und den Schreiber, in der anderen Hand den Käfig mit Herkules. „Michi, komm sofort her!“, rief der Trainer, als er beim Fußballplatz ankam. Seine Jungs machten schon Aufwärmgymnastik. Michi unterbrach die Rumpfbeuge und schlich zur Trainerbank.

„Michi, so geht das nicht!“, schimpfte der Trainer.

„Wieso denn nicht?“ Michi nahm dem Trainer den Käfig aus der Hand und stellte ihn unter die Bank. „Sehen Sie, schon weg.“ Er sah den Trainer aus großen Augen an. „Herkules tut doch nichts. Außer uns Glück bringen.“

„Meinetwegen“, gab der Trainer nach. „Deine Ratte darf hier bleiben. Aber nur für dieses Spiel!“, unterbrach er Michis Jubel. „Nach der Mittagspause bleibt der Käfig in eurem Zimmer. Verstanden?“

„Und wenn Herkules uns Glück bringt und wir gewinnen?“, fragte er hoffnungsvoll.

Der Trainer antwortete nicht. Er sah den Jungen nur nachdrücklich an.

„Okay“, sagte der. Er bückte sich, öffnete den Käfig und streichelte Herkules. „Mach dir nichts draus“, sagte Michi leise, „manche Menschen können Ratten einfach nicht ausstehen.“ Er schloss sorgsam den Käfig und ging zurück zum Aufwärmtraining.

Genau in dem Moment wurde das erste Spiel der zweiten Gruppe abgepfiffen. Über Lautsprecher wurde das Ergebnis bekannt gegeben und danach die nächsten bei-

den Mannschaften aufgerufen: „Das nächste Spiel in der Gruppe A bestreiten der FC Eimsbüttel und der VfL ...“

„Los, Jungs, rauf mit euch auf den Platz. Wenn wir Anstoß haben, versucht es mit unserem Trick“, bestimmte der Trainer. „Also los, zeigt's denen!“

Aufgeregt liefen die Spieler auf das Feld. Endlich ging es los. Der VfL gewann die Seitenwahl, also hatte der FC Eimsbüttel Anstoß. Gespannt bis in die Haarspitzen, standen Lars und Ilja im Mittelkreis.

Der Anpfiff. Lars schob den Ball leicht vor und Ilja passte zurück zu René. Mahmut und Michi spurteten an den Außenlinien entlang. Die Verteidiger des VfL gingen mit und nahmen die Stürmer in Manndeckung. Doch dadurch rissen sie eine große Lücke vor ihrem Strafraum. Darauf hatte René gehofft. Anstatt einen weiten Pass auf Mahmut oder Michi zu schlagen, womit der VfL gerechnet hatte, lief er selbst auf das Tor zu. Links und rechts von ihm rannten Lars und Ilja mit. Wie beim American Football stürmten sie zu dritt auf das gegnerische Tor zu. Sie schirmten René vor den Angriffen ab und boten sich gleichzeitig für ein Abspiel an. Die Kicker des VfL waren völlig überrascht. Mit diesem Angriff gleich nach dem Anstoß hatten sie nicht gerechnet. Die Abwehr stand noch nicht richtig, da umspielte René den ersten Angreifer und drang in ihren Strafraum ein. Er passte nach rechts zu Lars, spurtete vor und bekam den Ball postwendend zurück. „Spiel!“, schrie Ilja. Ein Verteidiger sprang sofort in die Schusslinie, doch René gab den Ball nicht ab. Er lief in die Lücke, stoppte, legte sich den Ball vom linken auf den rechten Fuß und zog von der Fünfmeterlinie ab. Der Torwart hatte keine Chance: Bevor er sich auch nur bewegen konnte, zappelte der Ball schon im Netz!

„Tooor!“ René drehte ab und rannte zur Außenlinie.

„Tooor!“ Die Spieler liefen mit hochgerissenen Armen auf den Torschützen zu und feierten ihn. Selbst die Auswechselspieler stürmten auf den Platz. René befreite sich aus der jubelnden Traube und sah suchend die Zuschauerreihen ab. Irgendwo mussten die Bremer stehen. Ob die sein Tor gesehen hatten?

Der Trainer des FC Eimsbüttel ahnte nichts von den Gedanken seines Spielmachers. Er grinste still vor sich hin. Wieder einmal hatte der Trick funktioniert. Jeder Verteidiger geht mit, wenn die Stürmer sich auf und davon machen. Mit einem Sololauf durch die gesamte Abwehr rechnet niemand. Auf diese Weise hatte die Mannschaft schon einige Tore erzielt.

„Super, Jungs!“ Er stand an der Seitenlinie und klatschte begeistert Beifall. „Aber jetzt zurück. Macht die Abwehr dicht!“

Der Trainer des VfL schimpfte wie ein Rohrspatz und auch der Torwart brüllte seine Abwehr nieder. Wütend holte er den Ball aus dem Netz und kickte ihn zur Mittellinie. Geknickt standen die beiden Stürmer im Anstoßkreis und warteten auf den Anpfiff. Das Gegentor in der ersten Spielminute hatte die gesamte Mannschaft verunsichert.

Gelassen sah der FC Eimsbüttel den Angriffen des VfL entgegen. Armin organisierte umsichtig die Abwehrreihe. Er ließ Silvio und Gerd die Stürmer des VfL hautnah decken und Lars und André beorderte er aus dem Mittelfeld zurück in die Abwehr, um die Räume vor dem eigenen Sechzehner dichtzumachen. Mit dieser Kombination aus Manndeckung und Raumdeckung hatte der FC Eimsbüttel in der laufenden Saison die zweitbeste Abwehr in seiner Staffel und auch in diesem Spiel funktionierte die Verteidigung bestens.

Die VfLer fanden kein Durchkommen. Bis kurz hinter die Mittellinie waren sie dominierend, hauptsächlich, weil der FC Eimsbüttel das Mittelfeld kampflos freigab.

Erst zehn Meter hinter der Linie stand die massive Abwehr. Angriff auf Angriff des VfL verpuffte weit vor dem Strafraum. Gleich musste der Schiedsrichter zur Halbzeit pfeifen.

Hilflos hob der Spielmacher des VfL die Arme und sah sich suchend um. Keiner seiner Mitspieler stand frei. „Bewegt euch, verdammt!“, schrie er quer über den ganzen Platz.

„Vorsicht, junger Mann“, mahnte der Schiedsrichter, der nur wenige Schritte entfernt stand. „Auf meinem Platz wird nicht geflucht, verstanden?“

Dem Jungen war deutlich anzusehen, was er dachte, doch er beherrschte sich und sagte nichts. Er wollte nicht vom Platz gestellt werden. Langsam lief er ein paar Schritte mit dem Ball. „Nun spiel doch endlich!“, rief plötzlich der Rechtsaußen. Der Spielmacher schaute auf. Mit einer Körpertäuschung hatte sein Mitspieler sich ge-

löst und lief in Richtung Strafraum des FC Eimsbüttel. Doch Gerd klebte an seinen Hacken. Der VfLer tickte den Ball vor und schickte eine hohe Flanke in den Strafraum. Der Rechtsaußen stürmte heran. Gerd hetzte sich die Lunge aus dem Hals. Er war schnell, doch sein Gegner war noch ein bisschen schneller. Zentimeter um Zentimeter gewann er an Boden. Fast genau auf den Elfmeterpunkt senkte sich der Ball. Noch drei Schritte, noch zwei … der Rechtsaußen holte aus und wollte voll abziehen. Gerd gab alles, kämpfte sich mit letzter Kraft heran und setzte zur Grätsche an. Plötzlich flog ein Schatten heran. Gerd zuckte zurück. Sven war aus seinem Kasten gerannt und warf sich todesmutig auf den Ball. Im letzten Augenblick zog der Rechtsaußen seinen Fuß hoch und sprang über den Torwart hinweg.

Die Zuschauer klatschten begeistert Beifall. Sven rappelte sich auf und grinste verlegen. Der Applaus machte ihn nervös; der Ball rutschte beim Abschlag über den Spann und flog ins Seitenaus.

„Macht nichts, Sven!“, rief der Trainer. „Toll gehalten!“

Sekunden später war Halbzeit. Die Seiten wurden ohne Pause gewechselt. Der Trainer sprang auf und winkte Armin an die Seitenlinie.

„Unsere Taktik ist gut“, sagte er, als der Mannschaftskapitän schnaufend neben ihm stand. „Nur den Zehner, den Spielführer, müssen wir enger nehmen.“

„Ilja“, schlug Armin atemlos vor.

„Ist gut." Der Trainer nickte. „Sag Ilja, dass er dem Zehner auf den Füßen stehen soll. Ansonsten spielen wir so weiter. Einverstanden?"

Der Mannschaftskapitän schüttelte den Kopf. „Wir sollten Gerd auswechseln. Er ist wie ein Wilder gerannt und braucht eine Pause. Noch eine Halbzeit hält er nicht durch."

„Was schlägst du vor?"

Armin überlegte einen Moment. „Der Rechtsaußen ist verflucht schnell, aber technisch nicht besonders gut. Philipp wäre da genau der Richtige. Er ist schneller als Käthe."

Der Schiedsrichter pfiff kurz und sah zu den beiden rüber.

„Schon gut!", rief der Trainer ihm zu. „Einverstanden, ich werde gleich wechseln", sagte er zu Armin und schickte ihn zurück aufs Spielfeld. „Macht weiter so, Jungs!", rief er seiner Mannschaft zu und klatschte aufmunternd in die Hände. „Konzentriert euch noch mal. Das 1:0 reicht uns!"

Er beobachtete den Anstoß des VfL zur zweiten Halbzeit und sah, dass Armin mit Ilja redete. Der Mittelfeldspieler nickte und ging schnurstracks zum Spielmacher des VfL. Der begriff sofort und lief ein paar Schritte, doch Ilja ließ sich nicht abschütteln. Wie ein Schatten folgte er dem Spieler mit der Nummer 10.

Der Trainer kehrte zur Auswechselbank zurück, stellte beruhigt fest, dass seine Abwehr den ersten Angriff der zweiten Halbzeit weit vor dem Strafraum abfing, und drehte sich um. „Philipp!“, rief er.

Die vier Ersatzspieler hatten sich hinter der Bank mit Übungen warm gehalten. Philipp grinste breit und spurtete heran. Käthe und Joey folgten ihm und mit einem Abstand kam auch Olli heran.

Leise und ruhig redete der Trainer auf Philipp ein: „Du hast nichts anderes zu tun als am Rechtsaußen kleben zu bleiben. Lass ihm keine Chance! Okay?“

Philipp nickte und trippelte aufgeregt zur Seitenlinie. Es dauerte noch zwei Minuten, bis das Spiel unterbrochen war und er eingewechselt werden konnte.

Der Trainer hob den Arm, um den Wechsel anzuzeigen. Auswechseltafeln wie bei der Bundesliga gab es nicht. Der Trainer legte die Hände vor den Mund, rief: „Gerd!“, und winkte den Jungen vom Platz. Langsam, ganz langsam trabte der Verteidiger herunter, schließlich führten sie mit 1:0.

Philipp klatschte Gerd ab und spurtete auf die andere Seite. Ganz eng stellte er sich hinter den Rechtsaußen. Der schlug einen Haken und versuchte sich zu entfernen. Doch Philipp blieb ihm auf den Fersen und deckte ihn hautnah.

„Bist du schwul, oder was?“, fauchte der Rechtsaußen ihn wütend an.

„Keine Ahnung“, entgegnete Philipp trocken. „Ich denke nicht an Sex, wenn ich Fußball spiele.“ Diese Antwort hatte er sich schon vor einiger Zeit zurechtgelegt.

Er war ein knallharter Verteidiger und seine große Stärke war das hautnahe Decken. Die gegnerischen Stürmer bekamen keinen Meter freien Boden geschenkt und meistens reagierten sie mit so einer blöden Anmache wie der Rechtsaußen des VfL. Philipp hatte sich oft darüber geärgert, bis er sich mit Armin die passenden Antworten überlegte.

Philipps Antwort zeigte auch diesmal Wirkung. Der gegnerische Spieler schluckte schwer und von dem Moment an sah er keine Schnitte mehr. Mit einem einzigen Spruch hatte Philipp ihm den Schneid abgekauft.

Das Spiel war nicht besonders schön und plätscherte im Mittelfeld vor sich hin. Der VfL konnte nicht besser, weil mit dem Rechtsaußen und dem Spielmacher die besten Kicker ausgeschaltet waren. Und der FC Eimsbüttel musste ja nichts mehr tun.

Fünf Minuten vor Schluss wechselte der Trainer Käthe ein, um Zeit zu gewinnen und die Abwehr noch mehr zu stärken. Locker brachte die Mannschaft das 1:0 über die Zeit. Jubelnd rissen sie die Arme hoch, als der Schiedsrichter abpfiff. Die ersten drei Punkte waren im Sack. Im Triumphmarsch liefen sie vom Platz.

Günther Huth

Die Profis von der Fußballschule

Über einige Treppen und eine Glastür gelangten die drei Neuankömmlinge in die Eingangshalle des Internats. Neugierig sahen sie sich um. Die Halle ging in ein Treppenhaus über. An den Wänden standen zahlreiche Glasvitrinen, in denen eine große Anzahl von Pokalen ausgestellt war. Rechts vor dem Eingang stand eine Büste. Sebastian stieß Sven in die Seite. „Wer soll das denn sein? Der Hüter des Fußballinternats?" Die beiden kicherten leise.

„Jetzt kommt schon", brummelte Herr Storchmann ungeduldig, „den ganzen Kram könnt ihr euch später noch anschauen." Zielstrebig marschierte er auf die Treppe zu, die in das nächste Geschoss führte.

Im Inneren des Gebäudes roch es intensiv nach frischer Farbe. Anscheinend war alles gerade renoviert.

Vor einer Tür mit der Aufschrift „Sekretariat" blieb der Hausmeister stehen und klopfte kurz an. Ohne eine Antwort abzuwarten, öffnete er die Tür und ging hinein. Die drei Jungs schlossen sich ihm an.

Drinnen drängelten sich auf engem Raum mehrere Erwachsene und Jungen. Im Raum herrschte gedämpftes Stimmengewirr.

„Grüß dich, Lotti, ich bringe dir hier noch drei Kandidaten“, übertönte Herr Storchmann die anderen und wies mit dem Daumen auf die drei Jungen.

Hinter der Theke stand eine Frau um die fünfzig, die dabei war, Formulare auszufüllen. Als Storchmann sie ansprach, blickte sie nur kurz auf und nickte. Sie war anscheinend ziemlich im Stress.

„Das ist Frau Singerle, unsere Chefsekretärin“, erklärte der Hausmeister den Jungen, „die gute Seele von diesem Laden hier.“ Er lachte, dann meinte er: „Ich denke, ihr kommt jetzt alleine klar. Ich verdrücke mich mal, hier ist es mir etwas zu lebhaft.“

Die Frau winkte den Neuankömmlingen zu.

„Hinten anstellen!“, bat sie knapp. Sie war grauhaarig und schlank, machte aber trotz der Hektik einen freundlichen Eindruck. Geduldig beantwortete sie die zahlreichen Fragen der Eltern, füllte Papiere aus und verteilte Informationsblätter.

Als Sven, Flori und Jens mit Verspätung auf den Platz kamen, sah Herr Pfeiffer ärgerlich auf seine Uhr.

„Zu einem guten Fußballspieler gehört auch Pünktlichkeit, meine Herrschaften“, stellte er streng fest. „Ich hoffe, ihr habt einen guten Grund, warum ihr zu spät kommt.“

Sven trat vor.

„Als wir in unser Zelt kamen, um uns fertig zu machen, haben an drei Fußballschuhen die Stollen gefehlt.

Irgendjemand muss sie abgeschraubt haben, damit wir Schwierigkeiten bekommen. Zum Glück hatten wir genügend Ersatzstollen dabei. Aber wir mussten sie erst einschrauben."

Herr Pfeiffer runzelte die Stirn. Ihm war nicht entgangen, dass die Jungen aus Zelt vier Thorsten finster anstarrten. Der fuhr aufgebracht in die Höhe und wollte etwas sagen, doch der Schiedsrichter schnitt ihm mit einer schnellen Handbewegung das Wort ab. „Die Aufklärung des Vorfalls muss bis nach dem Spiel warten. Wir werden die Angelegenheit gründlich untersuchen, das könnt ihr mir glauben. Sollte an der Anschuldigung etwas dran sein, werden wir den Übeltäter finden und energisch durchgreifen."

Er winkte und rief die beiden Mannschaften auf den Platz. Die Mannschaft „Blau“ hatte Anstoß.

Sven hatte seine Leute auf ihren Positionen verteilt. Er selbst hatte die Aufgabe des Liberos übernommen. Thorsten stand in der Verteidigung. Michael, ein Junge aus Zelt drei, hütete das Tor. Heiko verstärkte den Sturm. Die übrigen Positionen waren von Kickern aus anderen Zelten besetzt.

Kaum hatte einer der Stürmer von „Blau“ das Leder einige Meter vorangetrieben, als Florian auch schon zur Stelle war. Ehe sich der Gegenspieler versah, hatte ihm Flori den Ball mit einer geschickten Körperaktion abgenommen. Sven warf einen besorgten Blick zum Schiedsrichter. War das zu hart? Doch Herr Pfeiffer ließ weiterspielen.

Florian rannte nach links außen, orientierte sich kurz, dann schoss er einen weiten Pass quer über den Platz zu dem rechts wartenden Heiko. Der nahm das Leder mit der Brust an, ließ den Ball vor seine Füße rollen, dann stürmte er entlang der Außenlinie in Richtung gegnerisches Tor.

Zwei Verteidiger von „Blau“ näherten sich dem kleinen Spieler schräg von vorne. Sie wollten ihn in die Zange nehmen.

Doch Heiko hatte aufgepasst. Immer wieder huschte sein Blick vom Ball über das Spielfeld. Es entging ihm auch nicht, dass Michael aus seiner Mannschaft in der Mitte mitgelaufen war und sich anbot.

Kurz bevor die Verteidiger die Zange schließen konnten, schoss Heiko einen flachen Pass zwischen den beiden hindurch zu seinem Mannschaftskameraden. Der Schuss kam punktgenau an.

Der Junge führte das Leder einige Meter, bis er sich im Strafraum befand. Plötzlich sah er sich Hilfe suchend um. Offenbar wollte er keinen Torschuss riskieren.

„Schieß doch", schrie Florian, der das Zögern nicht verstehen konnte.

Zum Glück war Sven zur Stelle. Er rannte zu seinem Mannschaftskameraden und keuchte: „Los, gib her!"

Der Junge war froh, die Verantwortung abgeben zu können. Die Aktion hatte jedoch zu viel Zeit gekostet, sodass sich in der Zwischenzeit die Abwehr von „Blau" formieren konnte. Sven sah sich einer massiven Mauer aus Gegenspielern gegenüber.

Doch der Libero gab nicht auf. Er schoss dicht über die Köpfe der Verteidiger hinweg auf das Tor. Durch die mauernden Feldspieler sah der Torwart das Leder erst im letzten Augenblick. Er hechtete nach vorne und schlug den Ball mit der Faust aus dem Gefahrenbereich. Die Lederkugel beschrieb einen Halbkreis und rollte zwischen Tor und Eckfahne ins Aus. Der Schiedsrichter pfiff: Eckstoß! Ein Ergebnis, mit dem Sven durchaus zufrieden war.

Die Spieler sahen zu Sven. Wer sollte die Ecke schießen? Bevor er eine Entscheidung treffen konnte, rannte Thorsten zur Eckfahne und schnappte sich den Ball.

Der Mannschaftskapitän kniff die Lippen zusammen und machte eine bestätigende Handbewegung. Es hatte jetzt wirklich keinen Sinn, auf dem Platz Machtkämpfe auszutragen.

Er winkte seine Leute auf ihre Plätze, weil sie sich vor dem „blauen“ Tor viel zu eng aufgestellt hatten.

Thorsten legte sich das Leder zurecht und nahm Anlauf. Der Ball kam leicht angeschnitten im hohen Bogen auf das Tor. Es gab eine kurze Drängelei, dann sprang ein lang aufgeschossener Verteidiger der Mannschaft „Blau“ in die Höhe und köpfte den Ball aus dem gefährlichen Bereich.

Sofort stürzte sich Heiko auf die Lederkugel und schoss aus der Drehung heraus nochmals auf das Tor.

Der Torwart von „Blau“ hatte aber aufgepasst. Er warf sich dem Ball entgegen und riss ihn mit beiden

Händen aus der Luft an seine Brust. Geschickt rollte er sich ab.

Als die Kicker von „Grün“ schnell auf ihre Positionen zurückrannten, lief Sven zu Thorsten.

„Das nächste Mal wartest du ab, bevor du eigenmächtig einen Eckstoß ausführst“, stieß er hervor.

„Rutsch mir den Buckel runter!“, entgegnete der Junge zornig.

Sven sagte nichts mehr. Er wollte nur, dass die Mannschaft gut spielte, außerdem fühlte er die wachsamen Augen des Prüfungsteams auf sich ruhen.

Kurz vor der Halbzeit gelang Sven von der Mittellinie aus ein Steilschuss bis kurz vor das gegnerische Tor. Heiko sah den Ball kommen und rannte ihm entgegen. Als er ihn fast erreicht hatte, wurde er von einem Gegenspieler heftig angerempelt, sodass er zu Fall kam. Er rollte sich ab und nutzte den eigenen Schwung, um wieder auf die Beine zu kommen. Der Schiedsrichter hatte bereits auf Freistoß entschieden. Sein erhobener Zeigefinger galt dem Angreifer. Solche harten Aktionen wurden nicht gerne gesehen.

Heiko führte den Freistoß gleich aus. Sven war von hinten nach vorne gelaufen, um in das Spielgeschehen eingreifen zu können.

Heiko lief an und schoss mit dem Innenrist zu einem frei stehenden Mitspieler. Als der Ball sich zu Boden senkte, dribbelte er auf der Stelle. Gerade als er den Ball annehmen wollte, wurde er angerempelt. Er rettete die

Situation, indem er einen Fallrückzieher riskierte. Das Leder schoss hoch über den Platz und senkte sich dann in Richtung Tor.

Sven, der an vorgezogener Position lauerte, vergewisserte sich mit einem schnellen Blick, dass er sich nicht im Abseits befand. Dann startete er durch und näherte sich dem fallenden Ball. Er sah eine Chance.

Als der Ball in der richtigen Höhe war, warf sich der Libero nach vorne und köpfte mit Wucht in Richtung gegnerischen Kasten. Der Torwart war völlig überrascht. Ehe er reagieren konnte, zischte das Leder an ihm vorbei ins Tor.

Der Jubel der „Grünen" war riesig. Einzig Thorsten verzog keine Miene.

In diesem Augenblick ertönte der Halbzeitpfiff.

Die Mannschaften standen beieinander und griffen gierig nach den Getränken.

„Bis jetzt läuft es ja ganz gut", stellte Michael, der Torwart, fest, „wir müssen nur aufpassen, dass sie uns nicht noch ein Pfund verpassen."

„Das ist doch Mist", mischte sich Thorsten ins Gespräch, „wir haben doch überhaupt keine Taktik. Wir müssen viel mehr Druck machen!"

Es war offensichtlich, dass seine Kritik in Richtung Sven ging.

Die anderen reagierten überhaupt nicht auf ihn.

Als der Schiedsrichter sie zur zweiten Halbzeit rief, trottete Thorsten mit verbissener Miene auf den Platz.

Er würde diesen Idioten schon noch beweisen, was in ihm steckte, das hatte er sich fest vorgenommen.

Gleich nach Anpfiff begannen die Spieler von „Blau“ massiv zu stören. Den „Grünen“ gelang es kaum, einen vernünftigen Spielzug aufzubauen.

Ein paar Minuten später sah Sven eine Chance, von hinten einen Angriff zu starten. Er führte das Leder schräg zur linken Außenlinie und gab seinem Mittelfeld Zeichen. In diesem Augenblick spürte er jemanden hinter sich. Als er erstaunt den Kopf wandte, entdeckte er Thorsten, der sich ihm näherte.

Zuerst dachte Sven, er würde ihn überholen, um sich weiter vorne anzubieten. Der Mannschaftskapitän war darüber zwar nicht erbaut, weil dadurch die Abwehr geschwächt wurde, aber er sagte nichts.

In diesem Augenblick machte Thorsten einen Satz zur Seite und nahm dem verdutzten Sven den Ball ab.

„Was soll das? Spinnst du!“, rief Sven seinem Mitspieler hinterher.

Der reagierte überhaupt nicht. Schnurstracks stürmte er auf das gegnerische Tor zu. Als sich ihm die Verteidiger von „Blau“ entgegenstellten, schlug er einen Haken und setzte seinen Alleingang fort.

Florian und Heiko, die auf beiden Seiten mitgelaufen waren, gaben dem Jungen Zeichen, dass sie annahmebereit waren.

Doch Thorsten dachte gar nicht daran, sie in sein Spiel mit einzubeziehen.

Er war so in seinen Alleingang vertieft, dass er den schnellen Schatten übersah, der von links kam. Der gegnerische Verteidiger überholte Thorsten um einen halben Meter, dann grätschte er sauber gegen den Ball. Das Leder flog zur Seite und wurde sofort vom Torwart aufgenommen.

Thorsten stolperte, konnte sich nicht mehr abfangen und rollte über den Rasen. Wütend sprang er auf die Füße und rannte mit hochrotem Kopf auf den erfolgreichen Verteidiger zu. Es war offensichtlich, dass er handgreiflich werden wollte.

Sven und Sebastian handelten gleichzeitig. Sie stürmten los und packten ihren Mitspieler am Trikot.

Wütend schlug Thorsten um sich.

„Hör auf!“, schrie Sven ihn an. „Du verdirbst alles!“

Erst als der Schiedsrichter eingriff, kam der Junge wieder langsam auf den Boden der Tatsachen zurück.

„Du solltest dich besser beherrschen!", ermahnte ihn Herr Pfeiffer streng. „Noch so eine Aktion und du fliegst vom Platz! Hast du mich verstanden?"

Mit aller Mühe riss sich Thorsten zusammen, nickte und stapfte davon.

Die restlichen fünf Minuten verliefen relativ ereignislos. Sosehr Sven und die anderen sich auch abmühten, es wollte ihnen keine rechte Aktion mehr gelingen. Es blieb bei dem 1:0 für die grüne Mannschaft.

Die Jungs konnten sich über den Sieg nicht so richtig freuen. Thorstens Verhalten hatte kein besonders gutes Bild auf die Mannschaft geworfen. Wie würde das Prüfungsteam sie wohl bewerten?

Nach einer kurzen Pause rief Lukas Pfeiffer die Prüfungsteilnehmer vor die Tribüne.

„So, meine Herrschaften, das wäre überstanden. Im Laufe des Nachmittags werden wir dann in der Aula das Ergebnis bekannt geben. Bis dahin habt ihr Freizeit und könnt euch ausruhen."

Er winkte den Mannschaften freundlich zu, dann schloss er: „Die Jungen von Zelt vier kommen bitte gleich in das Lehrerzimmer im Schulhaus. Wir haben noch etwas zu besprechen."

Sven sah die Freunde an.

Das war es. Jetzt kam die Sache mit den fehlenden Stollen zur Sprache.

Thorsten grinste und wollte sich verdrücken, er gehörte ja nicht zu Zelt vier. Da ertönte erneut die Stimme von Herrn Pfeiffer über den Platz: „Thorsten Maler, würdest du bitte auch kommen?"

Der Junge zuckte zusammen.

Das Prüfungsteam hatte sich im Lehrerzimmer an einem Tisch zusammengesetzt und erwartete die Jungen. Frau Singerle schenkte gerade Kaffee aus.

„Nehmt bitte Platz", bat Herr Dr. Schucksel, er führte den Vorsitz. Alle Gesichter waren ernst.

„Wie wir hörten, hat es in eurem Zelt einen unerfreulichen Vorfall gegeben", ergriff er das Problem gleich beim Schopf. „Was habt ihr dazu zu sagen?"

Sven beugte sich auf seinem Stuhl etwas vor. „Herr Dr. Schucksel, wir möchten niemanden zu Unrecht beschuldigen, aber wir glauben, dass Thorsten mit dieser Sache zu tun hat. Seit wir hier im Internat sind, hat er mich auf dem Kieker. Erst die Sache mit dem Sturz. Und dann noch die Schuhe."

Er warf einen kurzen Blick auf seinen Widersacher. Thorsten sah nicht besonders beunruhigt aus. Er hielt die Arme verschränkt und grinste vor sich hin. Sein Vater, der im Prüfungskomitee saß, sagte nichts, atmete aber hörbar durch.

Der Direktor sah Sven ernst an. „Das ist eine ernste Beschuldigung. Habt ihr für eure Behauptung Beweise?"

„Heute Nachmittag, etwa eine Stunde vor unserem Spiel, saßen wir alle auf der Tribüne und sahen dem laufenden Spiel zu. Plötzlich verschwand Thorsten und das verdächtig lange. Er war angeblich auf dem Klo. Aber ich habe ihn gesehen, als er zurückkam. Wenn er auf der Toilette gewesen war, warum ist er dann aus Richtung Zeltplatz gekommen und nicht aus dem Schulgebäude?"

Thorsten machte einen Schritt nach vorne. Mit trotziger Miene rief er: „Das ist alles gelogen! Ich war nicht bei den Zelten. Und im Übrigen habe ich später Sven weggehen sehen. In der Halbzeit. Ich glaube, er war es! Er hat die Geschichte mit den Fußballschuhen inszeniert, um mich reinzureiten! Das hat er ja schon die ganze Zeit vorgehabt. Der Typ hat einfach was gegen mich!"

Sven blieb die Luft weg. So eine bodenlose Gemeinheit! Das Prüfungsteam tauschte ernste Blicke.

Herr Maler sah aus, als ob er kurz davor wäre, zu explodieren.

Dr. Schucksel überlegte einen Moment lang. „So wie es aussieht, steht hier Aussage gegen Aussage. Sven, du kannst keinen echten Beweis dafür bringen, dass Thorsten die Stollen entfernt hat.“ Thorsten warf einen triumphierenden Blick auf Sven. Aber da fuhr Dr. Schucksel schon fort. „Andererseits, Thorsten, erscheint mir auch deine Schilderung nicht ganz schlüssig. Ich denke, ihr verhaltet euch beide nicht sehr fair. Wenn ihr nichts Neues zu der Sache beizutragen habt, fürchte ich, dass wir euch beide disqualifizieren müssen.“

Sven starrte Dr. Schucksel entsetzt an. Das war das Schlimmste, was ihm passieren konnte. Aber auch Herrn Maler hielt es nicht mehr auf dem Stuhl. „Eine absolute Frechheit, die ich ...“, begann er wutentbrannt.

Doch da unterbrach ihn Heiko, der bis dahin die Szene stumm verfolgt hatte. „Herr Dr. Schucksel, ich würde gerne etwas dazu sagen“, sagte er mit fester Stimme. Alle schauten erstaunt auf den sonst so stillen Heiko, der hastig weitersprach. „Ich war heute Nachmittag auch nicht auf der Tribüne bei den anderen, sondern auf dem Zeltplatz. Dort habe ich Thorsten gesehen. Er hatte etwas in der Hand, ich kam erst nicht drauf, was es war. Aber hinterher, als ich das mit den Schuhen hörte, fiel es mir ein. Es war ein Stollenschlüssel.“

„Na toll“, höhnte Thorsten. „Ihr steckt wohl allesamt unter einer Decke. Du hast dich ja schon all die letzten Tage an den großen Sven gehängt, damit er dich beschützen kann. Kein Wunder, dass du ihn jetzt deckst.“

„Nun mal langsam, Thorsten", kam es von Corinna Aischner. „Wir verstehen alle, dass du aufgeregt bist. Deswegen kannst du aber trotzdem versuchen, dich zusammenzunehmen. Heiko, bist du sicher, dass es Thorsten war?"

„Ja, ich bin mir sicher. Und ich kann es sogar beweisen. Ich meine, ein echter Beweis."

Sven hob langsam den Kopf.

Heiko wurde immer sicherer. „Also, ich habe zwar nicht gesehen, wie Thorsten ..."

„Aha, da haben wir es!", rief Thorsten.

„Jetzt lass mich doch mal ausreden." Heiko wurde fast wütend. „Du hast einen entscheidenden Fehler gemacht. Ich wollte es vor dem Spiel nur nicht erzählen, damit die Aufregung nicht noch größer wird. An meinen Schuhen fehlten nämlich auch die Stollen."

Die Jungen sahen Heiko erstaunt an. Das hatten sie vorhin im Zelt ja gar nicht mitbekommen. Heiko hatte doch gar keine Ersatzstollen angeschraubt!

„Aber, Thorsten, was du nicht wusstest", fuhr Heiko fort. „Ich habe zwei Paar Fußballschuhe. Meine normalen schwarzen Schuhe und ein Paar weiße. Die schwarzen hatte ich während der letzten Tage immer an und sie

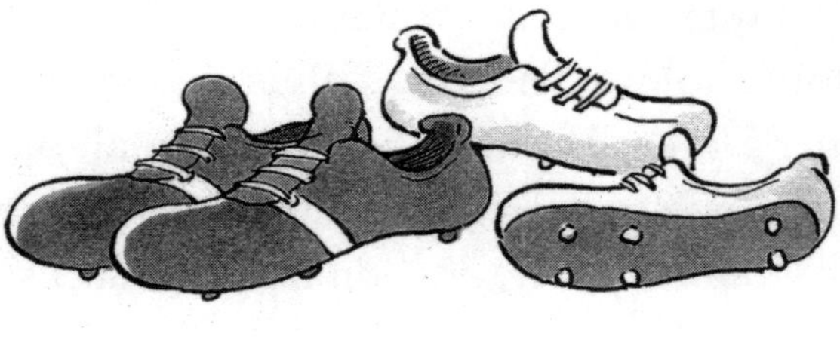

lagen oben auf meinen Sachen. An denen fehlten auch die Stollen. Bei den weißen Schuhen war aber alles in Ordnung."

„Ja und? Was hat das jetzt mit mir zu tun?", kam es von Thorsten.

„Sehr viel. Gestern Abend habe ich mich mit Sven, Florian, Sebastian und Valerio über Fußballschuhe unterhalten. Und habe erzählt, dass ich meine weißen Schuhe immer bei wichtigen Spielen anziehe. Die Schuhe sind meine Glücksbringer und deswegen wollte ich sie auch heute tragen. Da alle außer dir von diesen Schuhen wussten, kannst nur du es gewesen sein, der die Stollen aus den schwarzen Schuhen gedreht hat. Ist doch logisch. Jeder andere hätte die weißen genommen."

Dr. Schucksel nickte langsam. Schließlich sagte er: „Vielen Dank, Heiko, für deine Schilderung. Jungs, geht jetzt bitte hinaus und wartet auf dem Flur. Wir müssen uns beraten."

Als die Tür hinter den Freunden ins Schloss fiel, brach ein Sturm los. Aufgeregt riefen alle durcheinander. Heiko war der Held des Tages. Von allen Seiten tönte es: „Mensch, Heiko, warum hast du uns das nicht vorher gesagt!"

„Heiko, du bist ein Supergenie!"

„Mann, du hast es dem fiesen Thorsten aber richtig gezeigt."

Thorsten allerdings war wie vom Erdboden verschluckt.

In der Aula summte es wie in einem Bienenschwarm. Alle sechsundsechzig Kandidaten warteten unruhig und ein wenig ängstlich auf das Prüfungskomitee. Gleich würde verkündet werden, wer die Aufnahme ins Fußballinternat geschafft hatte und wer nicht. Mit drei Minuten Verspätung betrat das Komitee das Podium. Schlagartig trat Totenstille ein.

„Liebe Prüflinge, das Ergebnis der letzten Tage steht jetzt fest. Ich möchte vorausschicken, dass die Entscheidung für uns nicht leicht war. Wir haben ganz tolle Leistungen gesehen und jeder, der in diesem Jahr nicht aufgenommen werden kann, sollte das nicht zu schwer nehmen. Wir mussten einfach eine Auswahl treffen, weil wir, wie ihr wisst, nur zwei Schulklassen mit Fußballförderung einrichten. Ich verlese jetzt die Namen der aufgenommenen Schüler. Die Gewinner des Stipendiums gebe ich danach bekannt."

Dr. Schucksel räusperte sich, dann begann er damit, die Namen zu verlesen.

Auch die Namen von Sebastian, Flori, Valerio und Heiko wurden aufgerufen und die Freunde grinsten sich strahlend an.

Der Name von Sven wurde nicht genannt. Je mehr sich die Liste dem Ende näherte, desto bedrückter wurde er.

Dabei entging ihm völlig, dass auch Thorsten nicht aufgerufen wurde. Der Junge war überhaupt nicht anwesend.

„So“, kam Dr. Schucksel zum Ende seiner Aufzählung, „jetzt kommen wir zum Höhepunkt unserer Entscheidung: den Gewinnern des Stipendiums.“

Umständlich zog er ein weiteres Blatt hervor.

„Die Besten eures Jahrgangs und damit die Sieger sind: Maximilian Schneider, Andreas Wysocki und …“, er machte eine kleine Kunstpause: „Sven Heiligenthal!“

Heftiger Applaus toste los.

Sven hatte gar nicht mehr richtig zugehört, deshalb kapierte er nicht gleich, warum ihm seine Freunde vor lauter Begeisterung fast die Schulter zertrümmerten.

„Du hast das Stipendium!“, brüllte Sebastian ihm ins Ohr. „Mensch, kapierst du nicht? Du bist unter den Gewinnern!“

Sven sah ihn völlig verständnislos an. Viele Hände packten ihn und schoben ihn ganz nach vorne an die Tribüne, wo Dr. Schucksel stand, um den Gewinnern zu gratulieren.

Der drückte den Jungen die Hand und klopfte ihnen auf die Schultern. Das Prüfungsteam und die anderen Lehrer gratulierten ebenfalls.

Sven hatte es ganz einfach die Sprache verschlagen. Mit allem hatte er gerechnet, nur damit nicht.

Lukas Pfeiffer nahm ihn kurz zur Seite und meinte: „Tut mir Leid, dass du zu Unrecht verdächtigt wurdest. Nach Heikos Aussage war die Geschichte ja schnell klar. Zumal ich bei dem Abendessen ja dabei war, als Heiko uns von seinen schwarzen und weißen Schuhen erzählte." Der Lehrer machte eine kurze Pause und grinste Sven an. „Also noch mal meinen Glückwunsch."

Sven reckte sich und blickte sich in der Aula um. Er hatte es tatsächlich geschafft! Er war ein Stipendiat des Fußballinternats. „Anpfiff für Sven", dachte er glücklich und ging auf seine neuen Freunde zu.

Klas E. Everwyn

Die Stunde des Superstars

Dies war nicht sein Tag. Man sah es ihm an. Das Fernsehen übertrug sein Gesicht bis in die Wohnzimmer der Fans. Es sah abweisend, verbissen aus. Und alle kannten die Geschichte: erst die Verletzung der Achillessehne und des Sprunggelenks, dann der Ärger mit dem Trainer.

Jetzt saß er auf der Bank: er, der Superstar. Das war ihm noch nie passiert. Entweder er spielte oder er spielte nicht. Auf die Ersatzspielerbank hatte ihn noch keiner zuvor gezwungen, weder sein Trainer noch sein Vereinspräsident. Das hätten sie gar nicht gewagt. Erst jetzt, wo es ihm dreckig ging, er älter geworden war und das Pokalfinale anstand. Da setzte ihn der Trainer auf die Bank, ließ ihn nicht mit auflaufen.

Dabei hatten sie so einen wie ihn noch nie gehabt, so einen würden sie nie wieder kriegen. Er war der Kopf der Mannschaft, das Hirn, ihr Dreh- und Angelpunkt. Er schlug die Pässe aus dem Fußgelenk über sechzig, siebzig Meter und haargenau in den Lauf des gestarteten Mitspielers; er schoss Tore, wie nur er sie zu schießen vermochte, waagrecht in der Luft liegend, aus dem Stand, ganz wie er wollte. Lediglich das Kopfballspiel beherrschte er nicht, aber das brauchte er bei seiner

Spielkunst auch nicht. Er stoppte einen Flugball mit der Brust, auf dem Oberschenkel, am Fuß. Man sagte, sein Fußballspiel sei eine Augenweide.

Dann kam die Verletzung und für ihn eine Spielpause; dennoch brachte sich seine Mannschaft ins Pokalfinale. Es war das letzte Spiel der Saison, es ging um einiges; für seine Mannschaft ging es eigentlich um alles. Meister war sie nicht geworden, diesmal nicht. Sie war es häufig in den letzten Jahren gewesen, dank der Spielkunst ihres Stars. Auf ihn war ihr Spiel zugeschnitten; er kam aus der Tiefe des Raumes. So hatte es einmal ein Rundfunkreporter genannt. Die Presse hatte den Satz verbreitet, nun war er Allgemeingut geworden.

Sechs Wochen lang hatte sich die Mannschaft auf sich selbst besinnen und ohne ihren Star auskommen müssen. Und seltsamerweise war sie während dieser Zeit über sich selbst hinausgewachsen, hatte tatsächlich sogar das Pokalspiel erreicht. Ohne den Superstar. Deshalb wollte der Trainer auch diesmal ohne ihn auskommen. *Never change a winning team:* Jeder kannte den Spruch. Es hatte Ärger zwischen ihm und dem Star gegeben, es gab ihn noch. Denn der Superstar wollte spielen, er fühlte sich fit.

„Denk doch an deine Verletzung“, hatte der Trainer gesagt. „So ein Spiel verkraftest du noch nicht.“ Der Star hatte abgewinkt, zutiefst getroffen. „Denk daran, dass es eine Verlängerung geben könnte. Das sind dreißig Minuten zu den üblichen neunzig.“

Nun saßen sie beide auf der Bank am Spielfeldrand und sahen sich nicht an. Dabei hatte der Trainer dem Star noch kurz vor dem Spiel ein weiteres Angebot gemacht: „Nach der Halbzeit“, hatte er gesagt, „bestimmst du ganz allein über den Zeitpunkt deines Einsatzes.“ Nun übertrug das Fernsehen das abweisende gallige Gesicht des Superstars anstelle seiner Spielkunst. Immer wieder blendete es die Regie ins Spielgeschehen ein, zeigte dazu auch das Mienenspiel des Trainers. Da lag Spannung drin, fast mehr als in dem Pokalkampf.

Der Gegner in diesem Spiel war ein Bekannter aus der Nachbarschaft, zwischen ihnen herrschte eine alte Rivalität. Selbst die Bundesligaspiele der beiden Mannschaften waren stets hart und umkämpft gewesen. Da gab es Zündstoff genug. Auch deshalb wäre der Superstar gern mit von der Partie gewesen; da wären ein paar alte Rechnungen zu begleichen.

Aber er saß auf der Bank, während die andere Mannschaft das Spiel bestimmte.

Schon früh übernahm sie die Führung, und als man mit diesem Spielstand in die Halbzeitpause ging, war das nur ein schwacher Ausdruck ihrer Überlegenheit. Es schien nur noch eine Frage der Zeit, wann sich diese Überlegenheit auch in Toren ausdrücken würde.

Der Superstar ging nicht mit in die Mannschaftskabine. Lieber verkroch er sich in einen Seitengang, setzte sich im Trainingszeug aufs Klobecken. Er wusste, was ihn in der Kabine erwartete. Der Trainer, die Spieler, der Präsident, alle würden auf ihn einreden und ihn zu überreden versuchen, nun doch bald einzugreifen, um dem Spiel eine Wende zu geben.

Aber an ihm nagten plötzlich Zweifel, ob eben dies gut für ihn und seinen Ruf sei. In einer unterlegenen Mannschaft mitgespielt zu haben, war nicht gut; nur Siege zählten. Besser, er blieb draußen. Denn das Spiel aus dem Feuer zu reißen, ihm eine Wende zu geben, das war nicht sein Ding.

Ein Kämpfertyp war er nie gewesen, er war Techniker, Spieler. Die Wende würde die Mannschaft schon ohne ihn schaffen müssen.

Als ihn der Trainer dann doch noch im Kabinengang erwischte, kurz bevor die Mannschaft wieder aufs Spielfeld musste, antwortete er auf dessen Frage: „Nein.“

„Aber ich werde irgendwann auswechseln müssen", sagte der Trainer.

„Dann wechseln Sie eben aus! Sie sind der Trainer", antwortete er. Die Zeit der guten Worte zwischen ihnen war vorbei.

Der Trainer hatte für die zweite Halbzeit ein paar Umstellungen in der Mannschaft vorgenommen. Er stellte nun einen härteren Mann gegen den Spielmacher des Gegners. Der sollte ihm auf den Fersen bleiben, ihm auf den Füßen stehen. Das, man merkte es bald, gefiel dem Spielmacher des Gegners ganz und gar nicht. Mehr und mehr zog er sich zurück, machte Fehler. Plötzlich fehlte seiner Mannschaft der Schwung. Ihr Spiel lief nicht mehr; man spürte, dass sich eine Veränderung vollzog. Dann fiel das Ausgleichstor. Es waren noch dreißig Minuten zu spielen.

Der Superstar auf der Bank wurde unruhig. Das wäre der Moment der Entscheidung, jetzt müsste er eingreifen, jetzt wäre seine Stunde gekommen! Aber er blieb sitzen, hatte sein Kinn in den Handteller gelegt und zerbiss sich die Lippen.

Der Trainer versuchte derweil verzweifelt, ihm einen Wink zu geben.

Auch ihm war klar, dass dies der Zeitpunkt war, einen neuen, frischen Mann zu bringen. Das Fernsehen übertrug seine flehentlichen Blicke, die er zum Superstar hinüberzuschicken versuchte. Einmal trafen sich auch ihre Augen, für eine Zehntelsekunde vielleicht, aber da schüttelte der Star den Kopf. Er wollte nicht aufgefordert werden, er wollte selbst entscheiden.

Das Spiel stand auf des Messers Schneide, verbissen rang man um die Vorherrschaft auf dem Spielfeld. Mal hatte die eine, mal die andere Mannschaft eine Torchance, aber auf beiden Seiten wurde sie nicht genutzt. Schließlich waren noch zehn Minuten zu spielen. Wie es aussah, würde das Spiel in die Verlängerung gehen.

In diesem Moment sprang der Star von der Bank auf und schälte seinen Körper aus dem Trainingszeug, von den Kameras des Fernsehens verfolgt. Durchs Stadion ging ein Aufschrei: Der Superstar würde kommen, der Superstar würde ins Spiel eingreifen! Der Trainer atmete erleichtert auf und suchte nach den Nummerntafeln der auszuwechselnden Spieler, um sie dem Schiedsrichter zu zeigen, verständigte sich kurz mit seinem Assistenten, während der Star dabei war, sich warmzulaufen. Viel Zeit blieb nicht mehr: noch acht Minuten.

Immer noch stand das Spiel unentschieden, wogte es hin und her. Dann betrat der Superstar den Rasen, war er im Spiel. Als man ihm gleich den Ball zuschob und er ihn sofort wieder verlor, lief ein Raunen durchs Stadion; auf der Tribüne wurde sogar vereinzelt gelacht. Der Trainer machte ein bestürztes Gesicht. Der Junge war eben nicht in Form, er hatte es gewusst. Wenn das Spiel nun in die Verlängerung ging und der Star nochmals dreißig Minuten durchspielen musste, würde es für ihn immer schwerer werden, das Tempo mitzumachen. Es war heiß im Stadion, schwül, und achtzig Minuten auf einer Ersatzbank zu sitzen, kann einen Mann auch fertig machen; das zehrt an der Kraft und das zerrt an den Nerven.

Noch fünf Minuten. Der Star holte sich den Ball weit in der eigenen Spielhälfte. Er wirkte ein wenig ungelenk, wie er da mit dem Ball am Fuß lief. Er war groß, schwer und nicht der Schnellste, aber nun konnte er endlich den Spielzug tun, der ihn berühmt gemacht hatte: aus der Tiefe des Raumes. Ein Doppelpass, und schon war er in der Nähe des gegnerischen Strafraums. Niemand hatte ihn gedeckt, niemand griff ihn an, niemand fühlte sich für ihn zuständig. Da schoss er. Aus dem Fußgelenk, wie es seine Art war, hart, trocken, Richtung Tor, irgendwie nach rechts oben ins Eck. Nie wusste man genau, was aus so einem Ball wurde. Da sah er den Torwart hechten, und er wusste, dass er den Ball richtig getroffen hatte. Im nächsten Augenblick war das Leder im Netz und alles hatte sich verändert.

Hinterher hieß es, so habe man den Star noch nie aufspringen und seiner Freude Ausdruck geben sehen. Er hatte gejubelt und die Arme hochgerissen, sich im Sprung um die eigene Achse gedreht. Das Fernsehen übertrug es live in alle Wohnungen; es zeigte seinen langmähnigen, immer ein wenig unordentlich wirkenden Haarschopf. In Zeitlupe wand er sich um sein Gesicht. Groß zeigte das Fernsehen seinen im Jubelschrei aufgerissenen Mund, zeigte die Mannschaftskameraden, wie

sie auf ihn einstürmten, ihn zum Wanken, aber nicht zum Stürzen brachten. Ein Superstar ließ sich nicht umreißen, der blieb stehen, auch im Ansturm der Mitjubler.

Denn in der Tat: Er war immer noch der Superstar der Mannschaft. Er hatte das entscheidende Tor im entscheidenden Moment geschossen. Fünf Minuten vor Schluss. Der Sieg war seiner Mannschaft nicht mehr zu nehmen, der Pokalsieg, die Teilnahme am Europapokal. Er hatte es möglich gemacht, nicht die Mannschaft, nicht der Trainer, nicht die versprochene Prämie. Allein er.

Und er drosch den Ball in die Zuschauerränge, auch wenn er sich damit Pfiffe einhandelte, ihm war es gleichgültig. Die letzten vier Minuten galt es mit allen Mitteln zu überstehen. Der Sieg war alles. Denn dies war nun doch sein Tag.

Später nahm er sogar den Händedruck des Trainers entgegen; der gehörte einfach mit dazu, damit er spürte, dass er auch ihn besiegt hatte. Er hatte gewonnen. Er gegen alle. Gegen den Rest der Welt.

Uwe Timm

Maskottchen Rudi Rüssel

Es war Vater, der die rettende Idee hatte.

Wenn die Mannschaft unseres Vereins in ihren blau-weiß gestreiften Hemden am Sonntag spielte, dann kamen auch immer ein paar Zuschauer. Mal waren es nur zwanzig, mal waren es über achtzig. Und wir Kinder sahen dann ebenfalls zu, jedenfalls Zuppi und ich. Betti spielte Handball. Wenn also die Spieler auf dem Spielfeld hinter dem Ball herrannten, dann wurde Rudi im Garten des Platzwart-Hauses ganz aufgeregt. Er stand am Gartenzaun und trippelte hin und her.

„Der will auch zugucken", sagte Zuppi und nahm ihn beim nächsten Spiel mit an den Rand des Spielfeldes. Und da hättet ihr Rudi erleben müssen. Er kannte genau die Spieler unseres Vereins, denn er sah sie ja immer trai-

nieren und in den Umkleidekabinen ein- und ausgehen. Jetzt, da er bei einem Spiel zugucken durfte, rannte er, wenn unsere Vereinsmannschaft auf das gegnerische Tor zustürmte, in einem wilden Schweinsgalopp mit, dabei zog er Zuppi an der Leine hinter sich her. Die Zuschauer schrien und lachten und es kam eine tolle Stimmung auf. So bekam auch unsere Mannschaft richtig Schwung und gewann das Spiel sehr hoch. Nach dem Spiel sagte Vater: „Ich hab's, Rudi muss ein Maskottchen werden."

Maskottchen, das sind Glücksbringer. Es gibt ja Vereine, die eine Ziege haben oder ein Pony und die diese Tiere sogar zu jedem Auswärtsspiel mitbringen, warum sollte unser Verein nicht ein Schwein haben? Schwein haben, bedeutet doch Glück haben. Vater schlug dem Vereinsvorstand Rudi als Maskottchen vor. Der Vereinsvorstand war, nachdem er den Trainer befragt hatte, einverstanden. So kam es, dass Rudi ein Fußballmaskottchen wurde. Und damit übte er auch eine künstlerische Tätigkeit aus. Die wurde vom Bezirksamt sofort anerkannt. Rudi bekam also eine von der Behörde bestätigte Genehmigung, dass er auf dem Sportplatz leben durfte.

Rudi war ein sehr erfolgreiches Maskottchen. Er nahm seine Aufgabe ernst. Er war nicht nur bei den Spielen dabei, sondern saß auch beim Training neben der Seitenlinie und beobachtete genau die Spieler, wenn sie hinter den Bällen herliefen, die ihnen der Trainer oder ein anderer Spieler zuschossen. Und manchmal, wenn ein Spieler zu langsam war, hielt es Rudi einfach nicht mehr, er rannte im Schweinsgalopp los, zum Ball, und stupste den mit der Schnauze an.

Dann sagte der Trainer: „Mensch, Jupp, nun war das Schwein wieder schneller, Mann, du musst durchziehen, volles Tempo."

Jupp lief noch mal los, diesmal so schnell er konnte.

Und manchmal ließ der Trainer zum Aufwärmen seine Stürmer mit Rudi um die Wette laufen. Das war natürlich ein Riesenspaß für die Fußballspieler. Die liefen, dass ihnen die Socken qualmten. Und nur ein Mann aus der Mannschaft war hin und wieder, aber nicht immer, etwas schneller als Rudi.

„Hätte ich nie gedacht", sagte der Trainer, „dass Schweine so schnell laufen können."

„Das ist kein normales Schwein, das ist ein Rennschwein", sagte dann jedes Mal Ewald, der Torwart. Rudi machte also beim Training regelrecht mit und alle hatten ihren Spaß daran.

An den Sonntagen, wenn die Spiele der Amateurliga ausgetragen wurden, stand Rudi am Spielfeldrand. Er trug dann ein übergroßes Trikot in den Vereinsfarben. Das heißt, er stand nicht dort, sondern rannte aufgeregt hin und her, weil er immer wieder in das Spiel eingreifen wollte. Darum wurde ihm ein Ledergürtel als Halsband umgelegt und dann wurde er an einer langen Leine festgebunden.

Eines Tages stand ein ausführlicher Bericht über Rudi in einer Zeitung. Mit der Überschrift: *Das Trainingsschwein*.

Ein Bild zeigte Rudi im Trikot am Spielfeldrand, die Ohren aufmerksam hochgestellt.

Nach diesem Zeitungsbericht kamen sehr viel mehr Zuschauer zu den Spielen, darunter viele, die ihren Kindern einmal ein richtiges Schwein zeigen wollten.

Rudi brachte dem Verein also tatsächlich Glück, denn mit den Zuschauern wuchsen die Einnahmen und auch die Stimmen, die unsere Mannschaft mit dem Schlachtruf „Rudi vor, noch ein Tor!“ anfeuerten. Die Mannschaft gewann fast alle Spiele. Kein Wunder, dass Rudi ganz aufgeregt wurde, wenn er diesen Schlachtruf hörte, dann zerrte er wie wild an der Leine und wollte ins Spiel eingreifen, besonders dann, wenn der Schiedsrichter das Spiel abpfiff.

Als wieder einmal der Schiedsrichter das Spiel mit seiner Trillerpfeife abpfiff, einen Fuß auf den Ball setzte, die gelbe Karte zückte und sie einem unserer Spieler vor die Nase hielt, sich dessen Nummer notierte, dabei die ganze Zeit den Ball mit dem Fuß festhielt, da riss sich Rudi von der Leine los, raste auf das Spielfeld, rannte den Schiedsrichter um, schnappte sich den Ball und lief damit zum gegnerischen Tor. Alle Spieler rannten hinter Rudi her. Sie redeten ihm zu, den Ball wieder herzugeben. Als er ihn schließlich hinter der Torlinie fallen ließ,

war der Ball nur noch eine weiche Pflaume. Rudi hatte ihn durchgebissen.

Während der ganzen Zeit hatte der Schiedsrichter wie ein Verrückter auf seiner Trillerpfeife gepfiffen.

„Das Schwein muss sofort vom Platz“, schrie der Schiedsrichter.

Wir wollten Rudi wieder am Spielfeldrand festbinden, da brüllte der Schiedsrichter: „Das Schwein muss von dem Sportplatz verschwinden.“

Das ging aber nicht, denn Rudi wohnte ja hier.

„Sofort einsperren“, befahl der Schiedsrichter, „sonst geht das Spiel nicht weiter.“

Wir zerrten Rudi vom Spielfeld. Er sträubte sich. Aber der Schiedsrichter war unerbittlich.

Rudi kam in den Garten. Dort saß er traurig am Zaun und verfolgte von fern das Spiel, das mit einem neuen Ball fortgesetzt wurde.

Schweine haben ein gutes Gedächtnis. Rudi schien ein besonders gutes zu haben. Von dem Tag an hatte er etwas gegen den Schiedsrichter. Und da die Linienrichter ebenfalls schwarz gekleidet sind, auch gegen Linienrichter. Genau genommen gegen jeden Mann, der ein schwarzes Hemd und kurze schwarze Hosen trug. Rudi zeigte, wenn er auch nur von der Ferne einen sah, die Zähne.

Er konnte natürlich nicht verstehen, warum er vom Platz gewiesen worden war. Er glaubte wohl, so stelle ich mir vor, dass dieser schwarze Mann, der immer zwischen den Spielern hin und her lief und niemals selbst mit dem Ball spielte, sondern im Gegenteil immer mit seiner Trillerpfeife das Spiel unterbrach, ein Spielverderber sei. Meistens ärgerten sich ja auch die Spieler und sie zeigten das auch, gestikulierten wild herum, schimpften, und Rudi verstand, dass sie mit diesem schwarzen Mann nicht einverstanden waren.

Es war der erste Platzverweis in der Geschichte des deutschen Fußballs gegen ein Maskottchen, wie uns Vater an demselben Abend noch erzählte.

Rudi war für drei Spiele gesperrt worden. Also blieb er an drei Sonntagen im Garten eingeschlossen und verfolgte von dort die Spiele. Alle drei Spiele verlor unser

Verein. Wir sagten, das liegt an Rudi. Rudi fehlt, darum hat unsere Mannschaft Pech.

„Unsinn“, sagte Vater, „das ist Aberglaube. In der Mannschaft sind zwei Spieler verletzt. Und dem Torwart ist die Frau weggelaufen. Der denkt immer an seine Frau und greift daneben.“

Beim vierten Spiel war Rudi wieder dabei.

Um das, was dann geschah, zu verstehen, muss man wissen, dass Rudi gleich zu Anfang mit einem Linienrichter einen Zusammenstoß hatte. Rudi saß wie immer am Rand des Spielfelds, als der Linienrichter, der das Spiel beobachtete, über ihn stolperte. Der Linienrichter scheuchte Rudi zurück, ja, er trat sogar nach Rudi. Er hatte ihn nicht richtig getreten, aber Rudi hatte verstanden und fletschte die Zähne.

Wir mussten Rudi etwas kürzer binden. Aber dann kam der Linienrichter wenig später unglücklicherweise erneut in die Nähe von Rudi, hob sein Fähnchen, und das Spiel wurde abgepfiffen. Der Ball war ins Aus gegangen. Wir konnten später nämlich alle nur bestätigen, dass der Linienrichter lediglich seine Pflicht getan hatte. Nur Zuppi behauptete steif und fest, der Ball sei gar nicht ins Aus gegangen, Rudi habe das gesehen und sei deshalb auf den Linienrichter losgegangen. Jedenfalls riss Rudi dem Linienrichter, der ahnungslos vor ihm stand, mit einem einzigen Biss die Hose vom Hintern. Das Spiel wurde sofort abgepfiffen. Der Schiedsrichter kam und wollte Rudi vom Platz weisen, aber es gelang

Zuppi, den Schiedsrichter davon zu überzeugen, dass Rudi den Mann nicht böswillig, sondern aus Begeisterung angesprungen habe.

„Der Mann sieht dem Bauern ähnlich, bei dem Rudi einmal im Stall gestanden hat.“

„Gut“, sagte der Schiedsrichter, „ich drück noch mal ein Auge zu.“

Das Spiel ging weiter, aber wenige Minuten darauf, unsere Mannschaft hatte schon wieder ein Tor kassiert und schimpfte über eine Entscheidung des Schiedsrichters, da packte Rudi den Linienrichter, der bei ihm vorbei-

ging, abermals an der Hose und riss sie ihm, weil der Mann sie diesmal festhielt, sogar in Streifen.

Es war fürchterlich. Das Spiel wurde abgepfiffen.

„Ein tollwütiges Schwein“, schrie der Linienrichter immer wieder. Alle, die Spieler, die Zuschauer, die Linienrichter liefen zusammen, schrien durcheinander. Der Schiedsrichter ließ die Polizei holen. Rudi wurde vom Platz geschleppt, in dem Schuppen eingesperrt, und man nahm sogar eine Probe seines Speichels, weil man glaubte, er sei tollwütig.

Und das war das Ende von Rudis Laufbahn als Maskottchen.

Volkmar Röhrig

Wie ich mir einen Fußball kaufen wollte

Es war kurz nach zwei und ich ging runter zum Fluss. Jetzt war Mutti nämlich noch zu Hause. Bei meinen dreckigen Klamotten würde sie garantiert wieder ausrasten. Wenn ich Pech hatte, rief auch die Eule schon am Nachmittag an. Nein, vor vier konnte ich mich in der Wohnung nicht blicken lassen. Danach kellnerte Mutti im „Goldenen Stern", und ich war mit Tina allein. Mit meiner Schwester kam ich prima zurecht.

Ich rutschte den Hang an der Brücke hinab. Er ist steil und gefährlich, bei Regen auch glitschig. Die Strömung unter der Brücke ist heimtückisch, besonders bei Hochwasser im Frühling. Vor zwei Jahren war hier ein kleines Mädchen ertrunken.

Unter der Brücke hat die große Freundschaft zwischen Jonny und mir angefangen, letztes Jahr am 23. März. Es war Freitag, ich weiß das noch ganz genau. Ich hatte an der Böschung den Halt verloren, war direkt ins Wasser gerutscht und in einen Strudel geraten. Wenn Jonny mich nicht aus dem Fluss gezogen hätte, wäre ich genauso ersoffen wie das Mädchen.

Wir hätten das bestimmt niemandem erzählt. Aber irgendwelche Spaziergänger kamen dazu. Dann stand es in allen Zeitungen. Ein paar Wochen später sind wir nach München gefahren. Dort hat Jonny eine Medaille bekommen, weil er mir das Leben gerettet hatte. Wir haben auch Freikarten gekriegt für den Erlebnispark in Geiselwind. Davon gibt es noch ein Foto in meinem Regal. Jonny und ich in einem Boot auf der Wildwasserrutsche.

Am Fluss, unter der Brücke, befindet sich auch unser großes Geheimnis – die Höhle. Zu zweit passten wir gut rein. Eine Obstkiste hatten wir als Sitz. Und zwischen den Steinplatten waren ein Messer und ein Kescher versteckt. Den banden wir an einen langen Stock und fischten damit Treibgut aus dem Wasser. Wir haben alles Mögliche gefunden, sogar eine amerikanische Armeemütze und ein Magazin mit lauter nackten Frauen.

Wenn die Schiffe vor der Stadt um die Biegung kamen, haben wir immer geraten, woher sie stammten. Meistens waren es holländische oder deutsche. Einmal haben wir ein richtiges Kriegsschiff gesehen, mit Kanonen und so. Das konnte gerade noch unter der Brücke durch.

Jonny und ich haben geschworen, dass wir mal auf einem großen Kahn anheuern. Es sollte aber ein Schiff sein, das ganz weit wegfährt, am besten gleich nach Amerika. Dann konnten sie uns hier alle mal. Und die Einzige, der ich eine Karte schreiben würde, das war Tina.

Heute kamen nur wenige Schiffe vorbei. Ich hatte aber keine Lust zu winken. Und Raten machte allein keinen Spaß.

Ich hockte da und starrte in die dunkle Brühe. Was würde Jonny jetzt machen? Seit drei Wochen wohnte er schon in München. Angerufen hatte er immer noch nicht. Bestimmt hatte er ’ne Menge Stress. Sein Zimmer einräumen, die Gegend erkunden, die neue Schule.

Ohne Jonny war es stinklangweilig. Keiner mehr da zum Rumhocken, Reden oder Spielen. Jetzt hatte ich nicht mal jemanden, von dem ich die Mathehausaufgaben abschreiben konnte. Und Bomber würde bestimmt noch gemeiner werden, jetzt, wo Jonny mir nicht mehr helfen konnte.

Eigentlich hatte ich zu nichts mehr Lust, nicht mal auf mein Zimmer und den Videorekorder. Plötzlich fiel mir Rambo ein. Ich hatte am Morgen vergessen, ihm Futter hinzustellen. Mutti oder Tina kümmerten sich garantiert nicht um ihn. Ich musste also nach Hause, mein Meerschweinchen füttern.

Als ich die Hafenstraße runter zum Bus lief, sah ich im Schaufenster vom „Sport-Shop“ die Fußballposter.

Es war überwältigend. Sämtliche Bundesligamannschaften mit eigenhändigen Unterschriften! Und die Bayern genau in der Mitte.

Ein baumlanger Verkäufer lächelte müde auf mich herunter: „Junge, du bist mindestens der Hundertste. Doch pass auf, wenn wir neu dekorieren, kriegt das alles der SV Walldorf. Der versteigert die Poster zugunsten der neuen Stadiontribüne. Versuch's doch mal bei der Versteigerung, vielleicht hast du Glück."

„Versteigerung? Ich heiße doch nicht Tommy Sparkasse", knurrte ich beleidigt. Wenn der Typ wüsste, wie ich mit meinem Taschengeld jongliere, damit ich über die Runden komme!

Um mich abzureagieren, schlenderte ich quer durch den Laden und stand mit einem Mal vor einer großen Kiste, über der ein noch größeres Schild prangte: „SONDERANGEBOT, nur 10,– €". Wow, das waren TANGO-Bälle, echt und original! Genau wie das Leder von Bomber, das ich vor gut zwei Stunden über die Schulhofmauer gejagt hatte. Der Preis war Wahnsinn, normalerweise kostet so ein Teil locker das Dreifache. Eine Supergelegenheit also.

Ich äugte verstohlen in meine Geldbörse. Für das, was ich darin fand, hätte der Verkäufer höchstens eine Ecke vom Sonderangebotsschild rausgerückt. Mit dem, was ich noch im Schreibtisch hatte, kam ich höchstens auf fünf Euro. Meine ewig blanke Schwester anpumpen war zwecklos. Und Mutti würde eher mein Taschengeld streichen, als eine Spende rausrücken, wenn sie die Matheneuheiten erfuhr. Mir fiel auch nicht ein, was ich zu Geld machen könnte. Rambo an Füchschen aus unserem Haus zu verhökern, die mich pausenlos deswegen nervte, erschien mir zu brutal. So was nennt man eine aussichtslose Situation, würde Jonny sagen.

Als ich einen der Bälle probehalber aufspringen ließ, kam mir die rettende Idee. Ich marschierte erst mal so mit dem Ball um die Kiste rum und musterte das Umfeld. Der baumlange Lächler bastelte an einer der Kassen. Die restlichen zwei Verkäuferinnen versuchten gerade, einem uralten Opa eine Taucherausrüstung aufzuschwatzen. Ansonsten war der Laden leer. Und die Tür stand weit offen.

Okay, dachte ich, ein TANGO-Ball war zwar nicht dasselbe wie eine Videokassette, die ich mir einfach bloß unters T-Shirt schieben musste. Trotzdem konnte es klappen. Ich ließ also den Ball zu Boden fallen und einfach ein Stück rollen. Ich tat so, als würde ich ihn testen.

Bis zur Tür waren es etwa fünfzehn Meter. Der Lange zerlegte weiter die Kasse und der Alte kriegte gerade eine Sauerstoffflasche von den Verkäuferinnen auf den Rücken geschnallt. Um die drei brauchte ich mich nicht zu kümmern. Die Kasse war nicht weit von der Tür, die musste ich unbedingt im Auge behalten. Noch zehn Meter. Ich kickte den Ball leicht an. Nach den nächsten fünf Metern konnte ich lossprinten. Selbst wenn der Verkäufer dann mit einer Wahnsinnsparade herüberhechtete, war ich durch die Tür und der Ball auch. Draußen musste ich ihn dann bloß aufheben und wegrennen. Plötzlich sah der Lange hoch und musterte mich. Verdammt, nur knappe zwei Meter hatten mir noch bis zum Sprint gefehlt. Ich setzte mein harmlosestes Lächeln auf und schob einen Querpass weg von ihm. Leider entfernte ich mich damit auch von der Tür.

„Gutes Material", lobte ich und nickte hinunter zum Ball. „Läuft nicht schlecht am Fuß."

„Ja", sagte der Verkäufer gedehnt. „Zehn Euro. Billiger kriegst du ihn nie."

Für einen Augenblick stutzte ich. Was sollte der Spruch? Hatte er mich etwa durchschaut? Ich fühlte mit einem Mal, wie mein Herz bis zum Hals herauf schlug und ich feuchte Hände bekam. Garantiert glühte auch meine Rübe wie ein Feuermelder. Egal, dachte ich, da muss ich durch. Es war wie im Spiel: ich der Rechtsaußen, der Lange der gegnerische Verteidiger und die Tür war das Tor. Wenn ich den Ball nicht bis dahin brachte, war ich sowieso eine Null und konnte das Thema Fußball für mich abschreiben.

Als ich sah, dass er den Kopf wieder über seine geliebte Kasse beugte, startete ich durch. Vorlage von rechts und den Ball mit links in der Spur halten. Noch acht Meter und aufpassen, dass er mir nicht unter die Regale rollte. Dann der Schuss mit rechts voll aufs Tor.

In diesem Augenblick hörte ich ein Geräusch. Ohne hinzusehen, wusste ich, dass der Lange zum Sprung an-

gesetzt hatte. Ändern konnte ich eh nichts mehr. Der Ball lief und ich auch. Vorn war die Tür und es gab bloß einen Gewinner – ihn oder mich.

Was bis jetzt passierte, war nicht gerade in Zeitlupe abgelaufen. Nun aber ging alles blitzschnell. Ich sah sein Bein, wie es vorschoss, der Ball daran abprallte und irgendwo in den Regalen landete.

Und mit einem Mal stand er vor der Tür, meinem Tor. Ich konnte nicht mehr bremsen und knallte voll gegen ihn. Das war's, dachte ich sofort, eins zu null für den Langen.

„Die erste Ritterregel beim Klauen ist", hatte Jonny mir mal eingebläut, „lass dich nie mit der Beute in der

Hand erwischen. Die zweite: Mach sofort Theater und spiel den Unschuldigen."

Ich konnte und musste darüber nicht groß nachdenken, die Dinge waren klar. Ich war voll erwischt worden. Ich riss die Hände hoch zum Beweis meiner Unschuld und schrie sofort: „Lassen Sie mich los! Ich hab gar nichts gemacht! Ich will hier raus!"

Wie albern das war, kriegte ich gleich mit. Hoch über mir lachte der Lange, und der Taucheropa und die zwei Verkäuferinnen glotzten mich groß an. Abgesehen davon, dass ich dem Langen mit dem Kopf in den Bauch gerannt war, hatte er mich nicht mal berührt, geschweige denn festgehalten.

„Soll ich die Polizei rufen?", fragte eine der Verkäuferinnen eifrig.

„Ich ... ich habe den Ball nicht ...", stotterte ich zusammenhanglos.

„Ich weiß", sagte der Lange und musterte mich, als wäre ich gerade aus dem Kindergarten entflohen.

„Dein Start war gut. Aber auf der kurzen Distanz bist du miserabel. Und Dribbeln kennst du nur aus dem Fernsehen, wie? Was willst du überhaupt mit so 'nem Ball?"

Diese Kritik war schlimmer als bei der Eule 'ne Mathearbeit zu vergeigen. Ich sah mich hilflos um. Der Opa stand inzwischen an der zweiten Kasse und malte gerade einen Scheck aus für seinen nächsten Taucherurlaub. Zwei oder drei Meter daneben klemmte mein TANGO-Ball im Regal.

Ich bin ein Versager, dachte ich und sagte: „Ich muss nach Hause. Ich habe zwei kleine Geschwister. Meine Mutter ist schwer krank und mein Vater …"

„Wie heißt du?", unterbrach mich der Verkäufer streng. Jetzt kommt das dicke Ende, ahnte ich. Doch losrennen war zwecklos. Er stand wie eine Eiche direkt vor mir.

„Tommy, äh, Thomas Kloßmann", stammelte ich wie ein Erstklässler. Im selben Augenblick hätte ich mir vor Wut auf die Zunge beißen können. Ritterregel drei verletzt, würde Jonny sagen. Man verrät nie seinen richtigen Namen.

„Kloßmann?", fragte er erstaunt und zog mich weg von der Tür. „Hast du eine Schwester?"

Die Verkäuferinnen hatten den Opa mit zirka fünfundzwanzig Paketen und Päckchen beladen und schleppten ihm den Rest hinterher. Da marschierten mit der Taucherausrüstung locker zweitausend Euro aus dem Laden. Und mich wollte der Typ wegen zehn Euro fertig machen!

„Wohnst du etwa in der Schönbachstraße?", hakte er nach.

Ich glotzte immer noch fassungslos dem Opa hinterher. „Ja", antwortete ich mechanisch.

Plötzlich lief der Lange zum Regal und fischte den TANGO-Ball heraus. Mein Fluchtweg war frei!

„He, warte!", rief der Verkäufer. Da war ich schon in der Tür. „Willst du nun den Ball oder nicht?"

Ich drehte mich um und zeigte ihm einen Vogel. Mit so einem billigen Trick ließ ich mich doch nicht wieder einfangen.

Dietlof Reiche

Der Fußball ist weg

Mohrle war fast sieben und hatte in seinem Leben noch keinen Fußball gesehen. Auch der Bruder nicht, obwohl der schon in die vierte Klasse ging. Der Onkel kickte den Fußball gegen das Scheunentor und es rumste ordentlich. „Der ist von vor dem Krieg", sagte der Onkel. „Pass gut auf ihn auf." Er hatte den Fußball dem Bruder geschenkt. Mohrle bekam bloß ein Päckchen Kaugummis. Der Fußball des Bruders war haselnussbraun und glänzte in der Sonne. Später glänzte er nicht mehr, weil er überall kleine Kratzer hatte. Aber das machte nichts, das kam vom vielen Spielen. Der Fußball war fast rund, nur da, wo er zugeschnürt war, beulte er sich etwas. Es war ein sehr guter Fußball gewesen. Alle Buben im Dorf hatten das gesagt. Sogar die großen, die sonntags die Kirchenglocke läuten durften. Mohrle bereute jetzt, was er mit dem Fußball gemacht hatte.

Obwohl der Bruder zweimal gemein zu ihm gewesen war.

Zuerst, als der Bruder gemacht hatte, dass alle in der Schule und zu Hause Mohrle zu ihm sagten. Sein richtiger Name war eigentlich Martin. Aber den benutzte keiner mehr. Seit dem Krippenspiel an Weihnachten. Dass er mitmachen durfte, darüber hatte er sich zuerst gefreut. Er wollte einer von den Hirten sein. So wie der Bruder. Der durfte einen Hirten spielen. Aber zu ihm sagte das Fräulein Lehrerin: „Du machst den Mohrenkönig." Dem Fräulein durfte man nicht widersprechen. Sie schmierte ihm das Gesicht mit Ruß schwarz und da rief der Bruder: „Jetzt ist er das Mohrle!" Alle Kinder und besonders die Buben lachten und schrien: „Mohrle! Mohrle!"

Der Bruder schrie: „Mohrle! Mohrle!", und er lachte zusammen mit den anderen Buben über ihn. Mohrle verstand nicht, warum der Bruder so gemein war.

Später verstand er. Der Bruder hatte geglaubt: Wenn er es schafft, dass die Buben mit ihm lachen, dann lassen sie ihn draußen auf dem Kirchplatz mitspielen. Damals hatte er den Fußball noch nicht gehabt.

Aber sie ließen ihn nicht mitspielen.

Im Winter nicht, wenn sie über die lange Schleife schlidderten, und im Sommer nicht. Da spielten sie auf dem Kirchplatz: Der-Kaiser-schickt-seine-Soldaten-aus. Mohrle und der Bruder sahen aus der Ferne zu. Zwei Reihen von Buben standen einander gegenüber. In jeder Reihe hatten sie sich untergehakt. Und bei jeder war einer der Kaiser. Der rief: „Der Kaiser schickt seine Soldaten aus." Und dann rief er vielleicht: „Er schickt den Heiner aus." Da rannte der Heiner los, mit aller Kraft gegen die andere Reihe. Brach er durch, durfte er einen

Buben in die eigene Reihe mitnehmen. Brach er nicht durch, war er bei den anderen gefangen. Mohrle wusste, dass er zu klein war für dieses Spiel. Der Bruder war nicht zu klein. Der war stark. Der wäre immer durchgebrochen. Aber wenn der Bruder näher ging, dann schrien die Dorfbuben: „Hau ab, Flüchtling! Flüchtlingspack! Geht hin, wo ihr hergekommen seid!"

Mohrle ging zur Mutter, die am Pumpentrog im Hof die Wäsche spülte. Er fragte: „Ist es etwas Schlimmes, dass wir Flüchtlinge sind?"

„Ja", sagte die Mutter. „Weil wir von daheim fortgemusst haben."

„Aber warum sind sie im Dorf böse auf uns?", fragte er.

„Sie denken, wir nehmen ihnen das Essen weg."

Mohrle sagte: „Wir stehlen unser Essen nicht. Wir kaufen es."

„Trotzdem." Die Mutter seufzte. „Es gibt eben viel zu wenig."

Sie drehte ein Handtuch zu einer Wurst. „Geh spielen, Mohrle." Er ging zum Bruder. Der stand im Hoftor und sah hinaus auf die Dorfstraße. Mohrle fragte: „Warum haben wir von daheim fortgemusst?"

„Wegen dem Krieg", sagte der Bruder. „Unser früheres Haus ist kaputt. Das haben die Flieger gemacht. Da warst du noch klein."

Mohrle nickte. Vom früheren Zuhause wusste er nichts. Aber er wusste, dass im Krieg Flieger kamen.

Immer kamen sie ganz plötzlich und sie brüllten tief über den Hof und man musste sich auf den Boden schmeißen. Jetzt kamen sie nicht mehr.

Der Bruder sagte: „Ich wollte, unser Haus wäre ganz. Dann gingen wir zurück. Und ich könnte mit den anderen Jungen viele Sachen machen."

Mohrle wünschte sich, dass das Haus nie wieder ganz würde. Er sagte: „Du kannst mit mir Sachen machen."

„Pah!", sagte der Bruder bloß.

Manchmal aber machte er trotzdem Sachen mit Mohrle. Sie gingen in der Morgenkälte zum Obstgarten. Da rüttelten sie an den Zwetschgenbäumen und es regnete Maikäfer. Doch schon kamen die ekelhaften Hühner gerannt. Sie waren gierig auf Maikäfer. Die Hühner waren groß und wild und hatten scharfe Schnäbel. Aber der Bruder jagte sie mit Fußtritten davon.

Mit dem Bruder zusammen traute sich Mohrle auch zum Weiher. Wenn die Gänse kamen, die Flügel ausbreiteten, die Hälse reckten und die roten Schnäbel zischend aufrissen, dann warf der Bruder mit Steinen nach ihnen.

Vor allem ging der Bruder mit ihm zum Gemeindehof. Das war das Beste. Denn dort konnte man zusehen, wie Karl den Gemeindebulldog anwarf. „Das heißt nicht Bulldog“, hatte der Vater gesagt, „sondern Trecker.“ Aber alle im Dorf sagten Bulldog. Und Karl war der Fahrer. Die Kinder in der Schule sagten, dass Karl ein Zigeuner war. Warum sie das sagten, wusste Mohrle nicht. Vielleicht, weil Karl pechschwarze Haare hatte? Aber auch Mohrle und der Bruder hatten schwarze Haare. Und von ihnen sagte keiner, dass sie Zigeuner seien. Karl war groß, aber wie er neben dem Bulldog stand, waren die wulstigen Hinterräder noch größer. Eine Menge Buben hatte sich versammelt, um zuzusehen, wie Karl den Bulldog anwarf. Der Bruder und Mohrle standen abseits. Karl stellte eine Lötlampe, aus der eine blaue Flamme fauchte, vorn an den Motor. Nach einer Zeit kletterte er hoch zum Fahrersitz und zog das Lenkrad mitsamt dem Stiel ab. Den steckte er in das eiserne Schwungrad seitlich am Motor und fing an zu drehen. Das ging schwer und er musste lange drehen. Karl fluchte. Endlich rülpste der Bulldog und stieß aus dem Kamin eine Rauchwolke. Wieder rülpste er. Plötzlich gab es einen Schlag, wie Donner so laut, und noch einen, das Schwungrad lief los, Karl riss das Lenkrad heraus, und der Bulldog donnerte und war angeworfen. Karl steckte das Lenkrad an seinen richtigen Platz und fuhr weg.

Zweimal hatte Mohrle mit dem Bruder zugesehen und jedes Mal war Karl weggefahren, ohne die Buben rundum zu beachten.

Beim dritten Mal geschah es.

Karl war auf seinen Sitz geklettert, hatte das Lenkrad eingesteckt, und da rief er auf einmal: „Wer will mitfahren?“

„Ich! Ich!“, schrien die Buben und drängten sich um den Bulldog. Mohrle und der Bruder waren stehen geblieben. Karl blickte sich um. Dann sah er zu ihnen her. „Ihr zwei da!“, rief er.

Mohrle konnte es gar nicht glauben. Aber der Bruder lief los, Mohrle rannte hinter ihm her und sie kletterten auf den Bulldog. Auf einem der Schutzbleche über den Hinterrädern waren zwei Griffe, zwischen die setzten sie sich und Mohrle klammerte sich fest. Hoch oben saßen sie und die Buben sahen zu ihnen herauf. Karl fuhr los, aus dem Hof hinaus, und der Bulldog donnerte und schüttelte, dass einem schier die Luft wegblieb. Angst hätte man kriegen können, aber nicht mit dem Bruder zusammen. Durch das ganze Dorf fuhr Karl mit ihnen, bis hinaus zur kaputten Brücke, wo ein Haufen von Steinblöcken im Bach lag, weil man die Brücke im Krieg gesprengt hatte. Karl kehrte um und fuhr zurück. Nun klammerte sich Mohrle nicht mehr so fest. Der Bruder

hatte seinen Griff sogar losgelassen. Und er lachte und rief: „Ich bin auf dem Bulldog gefahren! Jetzt lassen sie mich mitmachen!"

Als sie auf den Gemeindehof kamen, waren alle Buben fort. Mohrle und der Bruder gingen zum Kirchplatz. Dort waren die Buben. Kaum hatten sie Mohrle und den Bruder gesehen, da schrien sie schon: „Verzieht euch, Flüchtlingspack! Lasst euch ja nicht mehr blicken!"

Sie gingen nach Hause. Der Bruder ging langsam und starrte auf den Boden. Mohrle sagte zufrieden: „Jetzt musst du immer Sachen mit mir machen."

Der Bruder sagte nichts.

Zu Hause war der Onkel. Er sah den Bruder an und sagte: „Sie lassen dich nicht mitspielen, wie?“ Als der Bruder nickte, sagte der Onkel: „Na, mal sehen.“ Mehr sagte er nicht.

Der Onkel kam oft aus der Stadt. Er kam mit einem großen schwarzen Auto und immer brachte er etwas mit. Kaugummi und Schokolade für Mohrle und den Bruder, Kaffee und Zigaretten für die Eltern und neulich ein Eimerchen mit Honig für alle. Einmal hatte Mohrle gehört, wie die Mutter zum Vater sagte: „Dass er das alles beschafft, grenzt an ein Wunder. Besonders, dass er Benzin für seinen Wagen bekommt.“

„Du weißt doch, wie sie ihn nennen“, sagte der Vater. „Den König vom Schwarzmarkt nennen sie ihn.“

Mohrle rannte auf den Hof. „Ätsch!“, sagte er zum Bruder. „Der Onkel ist ein Mohrenkönig. Ich bin auch einer. Du bist keiner.“

„Quatsch“, sagte der Bruder. „Ist der Onkel vielleicht schwarz?“

„Aber er ist der König vom Schwarzmarkt, wo lauter Mohren sind.“

Der Bruder drehte die Augen nach oben. „Das heißt Schwarzmarkt, du Depp, weil man da Kaugummi und Schokolade und solche Sachen kriegt. Die gibt’s nicht im Laden. Deshalb muss man sie schwarz kaufen. Aber das ist verboten.“

„Und warum heißt es: schwarz kaufen?“, wollte Mohrle wissen.

Der Bruder hob die Achseln. Mohrle sagte: „Vielleicht, weil man im Dunkeln kaufen muss. Damit es die Polizei nicht sieht."

„Gar nicht so dumm", sagte der Bruder und Mohrle freute sich.

Das war gewesen, als der Bruder noch Sachen mit ihm machte.

Aber dann kam der Tag, an dem der Onkel zum Bruder sagte: „Komm mal mit raus zum Auto." Auch Mohrle ging mit. Der Onkel öffnete die Autotür und da, auf dem Beifahrersitz, lag der Fußball. Er war blank und aus haselnussbraunem Leder rundgenäht.

Der Onkel sagte: „Innen ist eine Gummiblase. Die hält die Luft." Dann zeigte er dem Bruder, wie man Fußball spielt.

Noch am Nachmittag ging der Bruder zum Kirchplatz, wo die Buben „Der-Kaiser-schickt-seine-Soldaten-aus" spielten. Sie schrien: „Hau ab, Flüchtling!" Aber der Bruder stand, mit dem Fußball unter dem Arm, und rührte sich nicht vom Fleck.

Da wurde das Geschrei leiser. Schließlich sahen sie auf den Bruder und den Fußball.

Plötzlich rief der Bruder: „Wer will mitspielen?"

„Ich! Ich!", schrien die Buben. Und sie drängten sich um den Bruder.

Der stand in ihrer Mitte und sagte: „Jede Reihe ist jetzt eine Mannschaft." Er suchte sich die Mannschaft aus, bei der er spielen wollte.

Mohrle drängelte zu ihm. „Bei welcher bin ich?“, fragte er.

„Bei keiner“, sagte der Bruder und sah über Mohrle weg. „Stöpsel wie du dürfen nicht mitspielen.“

Die Buben riefen laut: „Der Stöpsel denkt, er darf mitspielen!“

Und sie lachten über ihn.

Mohrle ging nach Hause. Er ging langsam und starrte auf den Boden. Er dachte: Das war gemein.

Und dann dachte er: Der Fußball muss weg.

Der Bruder kam erst am Abend nach Hause. Mit Mohrle redete er kein Wort.

An diesem Abend lag Mohrle lange wach. Er stellte sich vor, wie er den Fußball wegbekam.

Er versteckte ihn in der Holzkiste unter dem Herd. Da fand ihn die Mutter. Er versteckte ihn in der Scheune unter dem Heu. Da fand ihn der Bauer. Er versteckte ihn unter den Steinen an der Brücke. Da fand ihn keiner.

Aber der Bruder war klug. Er dachte sich gleich, dass Mohrle den Fußball versteckt hatte, und war böse auf ihn. Also machte Mohrle den Ball heimlich kaputt. Er zerstach ihn mit dem spitzen Brotmesser aus dem Schubfach. Aber wieder dachte der Bruder sich, dass Mohrle es gewesen war. Außerdem brachte er den Fußball zum Sattler und der flickte ihn.

Da ließ Mohrle einen anderen den Fußball kaputtmachen. Und der Fußball war zerquetscht wie eine zertretene Tomate.

Das stellte Mohrle sich vor, als er im Bett lag.

Aber wer machte den Fußball kaputt? Und zwar so, dass der Sattler ihn nicht flicken konnte?

Mohrle wusste es nicht. Er schlief ein.

Auch am anderen Morgen wusste er es nicht. Und nach der Schule noch immer nicht. Nachmittags ging er zum Kirchplatz.

Eine Menge Buben war gekommen. Auch viele von den großen, die sonntags die Kirchglocke läuteten. Die bestimmten, wer mitspielen durfte. Den Bruder ließen sie immer mitspielen. Die Buben spielten und spielten. Der Nachmittag verging und Mohrle war nicht eingefallen, wie er den Fußball wegbekam. Er wollte gerade nach Hause gehen, als er von ferne den Bulldog hörte. Die Buben spielten weiter. Nach einer Weile kam Karl um die Ecke am Kirchhof gefahren. Er bremste und hielt an. Die Arme auf das Lenkrad gestützt, sah er den Buben zu. Mit einem Mal kletterte er vom Bulldog und ging zu ihnen.

„Gib mal her!“, rief er.

Einer der Buben kickte ihm den Ball zu und Karl schoss. Es war ein gewaltiger Schuss. Der Fußball knallte gegen die Kirchhofmauer, prallte im hohen Bogen ab und rollte über den Platz. Als er liegen blieb, war es genau vor einem der großen, wulstigen Hinterräder des Bulldogs.

Plötzlich wusste Mohrle, wie er den Ball wegbekam.

Drei Tage danach hatte Mohrle früher Schule aus als der Bruder. Er rannte nach Hause und räumte den Schulranzen leer. Dahinein steckte er den Fußball. Dann rannte er zum Gemeindehof. Er hatte Glück. Der Bulldog stand abgestellt dort und niemand war zu sehen, Karl war zum Mittagessen gegangen. In der Nähe des Bulldogs stand genau richtig eine Öltonne. Hinter der versteckte sich Mohrle. Nicht lange, da hörte er jemanden kommen. Darauf hörte er, wie die Lötlampe zu fauchen begann. Er wartete, bis Karl fluchte, und da schlich er zum Bulldog. An der anderen Seite fluchte und drehte Karl. Den Mohrle sah er nicht. Und er sah nicht, wie Mohrle den Fußball vor das große, wulstige Hinterrad legte. Mohrle schlich zurück hinter die Tonne. Dann donnerte der Bulldog los und Karl fuhr weg. Vom Knall,

den es vielleicht gegeben hatte, war nichts zu hören. Der Riss ging quer durch das haselnussbraune Leder. Etwas Rotes quoll heraus. Das war die zerplatzte Gummiblase.

Als der Bruder aus der Schule kam, hielt Mohrle ihm den zerquetschten Fußball entgegen.

Der Bruder nahm seinen Schulranzen ab. Ganz langsam tat er das und ganz ruhig sagte er: „Du hast mit ihm gespielt." Er hob die Hand.

Mohrle sagte schnell: „Aber nur im Hof. Du hast's mir nicht verboten. Er ist auf die Straße gerollt. Da ist der Karl auf dem Bulldog gekommen und einfach drübergefahren."

Der Bruder ließ die Hand sinken.

Mohrle sagte: „Man kann ihn beim Sattler flicken lassen, nicht?"

„Nein", sagte der Bruder. „Das Leder ist zerrissen." Er murmelte: „Das war's. So einen krieg ich nicht noch mal." Plötzlich sagte er wild: „Das wollen wir doch mal sehen!" Er bestimmte: „Du gehst mit zum Gemeindehof." Mohrle traute sich nicht zu widersprechen. Er hoffte, dass Karl noch unterwegs war.

Aber schon von weitem hörten sie den Bulldog lärmen. Karl stand neben ihm. Als sie bei ihm waren, hielt der Bruder den zerquetschten Fußball hoch und sagte zu Mohrle: „Erzähl's ihm!"

Mohrle musste sagen, was er dem Bruder erzählt hatte. Weil der Bulldog lärmte, musste er das schreiend tun, so als erzählte er es vielen Leuten. Karl stand von ihm abgewandt und hielt ein Ohr zu ihm her. Karls pechschwarzes Haar war mit Wasser zurückgekämmt und glänzte.

Als Mohrle schwieg, sagte der Bruder laut: „Ich will einen neuen Fußball!“

Karl sagte nichts. Wortlos drehte er sich um und kletterte hoch zum Fahrersitz. Er stellte den Bulldog ab.

Dann war es ganz still.

Jetzt sah Karl Mohrle an. Da senkte Mohrle den Kopf. Er hörte, dass Karl sagte: „Warum lügst du?“ Und dann sagte Karl und es klang leise: „Ihr seid wie die anderen.“

Plötzlich brüllte er: „Verschwindet! Sonst mach ich euch Beine!“

Und er kam vom Bulldog herunter. Sie rannten vom Hof.

Als sie aufgehört hatten zu rennen, fragte Mohrle den Bruder: „Machen wir jetzt was zusammen?“

Der Bruder antwortete nicht.

Er ging zum Kirchplatz. Mohrle folgte ihm.

Die Buben hatten schon zwei Mannschaften gebildet. Der Bruder zeigte ihnen den Ball. Er erzählte ihnen, was Mohrle erzählt hatte, und sagte: „Karl sagt, dass Mohrle lügt.“

Da schrien die Buben: „Der Karl lügt! Der ist ein Zigeuner. Zigeuner lügen und stehlen. Zigeunerpack!“

Die großen Buben besahen sich den zerquetschten Fußball. Sie schüttelten die Köpfe und gingen fort.

Die anderen Buben sagten: „Spielen wir halt: Der-Kaiser-schickt-seine-Soldaten-aus."

Die beiden Mannschaften stellten sich einander gegenüber. Der Bruder fragte nicht, ob er mitmachen durfte.

Er stellte sich einfach dazu.

Mohrle wartete, dass die Buben schrien: „Hau ab, Flüchtling!"

Aber keiner der Buben schrie das. Sie begannen zu spielen.

Mohrle wusste, dass er für dieses Spiel zu klein war. Langsam ging er nach Hause. Er wusste nicht, was er tun sollte. Dann fiel es ihm ein. Er sollte zum Gemeindehof gehen und Karl alles erzählen.

Aber er traute sich nicht.

Mohrle bereut jetzt, dass er sich nicht getraut hat.

Aber jetzt ist es zu spät.

Herbert Heckmann

Tor!

„Es hat alles keinen Zweck." Diesen Satz führte Erwin immer im Munde. Er fing damit schon am frühen Morgen an, wenn ihn seine Mutter weckte. Erwin – der Erwin hieß, weil er dem Beispiel seines erfolgreichen Onkels folgen sollte, der immer das Richtige in seinem Leben tat und auch gern darüber redete – war kein Freund des Aufstehens. Das brachte nämlich die ersten Schwierigkeiten: Er war meist noch so verschlafen, dass er gar nicht wusste, was er tat. Einmal versuchte er allen Ernstes sich mit der Zahnbürste die Haare zu kämmen. „Wo bist du nur mit deinen Gedanken?", fragte die Mutter. „Unterwegs", murmelte Erwin und wischte sich die Zahnpasta aus den Haaren.

Er hatte zwei linke Hände, zwei linke Füße und überhaupt wenig Lust etwas zu tun. Was er anfasste, ging meist in die Brüche.

„Ehrlich, das wollte ich nicht“, stammelte Erwin jedes Mal.

Er selbst fiel, wo und wann er nur immer konnte, von Leitern, Mauern, Stühlen und über seine eigenen Beine. Und sein Fahrrad war ein gerade noch fahrbarer Schrotthaufen.

„Am besten, ich bleibe im Bett“, verkündete Erwin, aber seine Eltern erfüllten ihm diesen Wunsch nicht.

In der Schule war es nicht viel besser. Er brachte alles durcheinander. Er verlegte Italien in die Nordsee und war der Meinung, dass Kolumbus das Ei entdeckt habe. Seine Antworten riefen in der Klasse fast immer Gelächter hervor und Lehrer Knoll machte ein entsetztes Gesicht.

„Es hat alles keinen Sinn“, murmelte Erwin und setzte sich hin. Da er es in der Wirklichkeit zu nichts brachte, verlegte er seine großen Taten in die Träume. Sein Lieblingsaufenthalt wurde das Bett. Dort fühlte er sich als Held, besiegte Ungeheuer, flog

durch die Lüfte, ritt auf einem mächtigen Löwen, kämpfte unter Wasser mit Haien, erfand ein neues Puddingpulver und landete auf dem Mars. Während er träumte, strahlte sein Gesicht vor Glück; war er wach, drohte die Milch bei seinem Anblick sauer zu werden. Seine Schulkameraden nannten ihn immer „Erwin, die Flasche". Das war nun wirklich keine Bezeichnung, auf die man stolz sein konnte.

„Muss ich eigentlich überhaupt in die Schule?", fragte Erwin seine Mutter. „Ich könnte doch alles für mich allein lernen."

„Hast du denn gar keinen Ehrgeiz?"

„Was soll schon dieser verdammte Ehrgeiz. Man strengt sich an, damit einen die anderen umso mehr auslachen können."

Erwin entwickelte mit der Zeit ein ungewöhnliches Schlaftalent. Er schlief selbst mit offenen Augen. Einmal wäre er beinahe von einem Auto überfahren worden.

„Hast du denn keine Augen im Kopf?", schrie der Fahrer, der beim Bremsen mit dem Kopf gegen die Scheibe gestoßen war.

Erwin sah erschrocken auf und stotterte: „Ich bin ein Tiefseetaucher."

Da vergaß der Fahrer vor Staunen seinen Mund zuzumachen.

Am liebsten träumte Erwin von Fußballspielen, in denen er eine überragende Rolle spielte. Er schoss aus allen Lagen und kein Tormann der Welt konnte seine

Bombenschüsse halten. Das ganze Stadion stand Kopf und die Mitspieler umarmten Erwin. Eine ermunternde Wärme wuchs ihm bis in die Fingerspitzen, während die Fotografen die Kameras zückten. Das waren Augenblicke, in denen Erwin seine sauertöpfische Miene aufgab und von einem Ohr bis zum anderen grinste.

In Wirklichkeit war er jedoch nur ein Ersatzkicker, den keine Mannschaft haben wollte, weil man einfach nicht glauben konnte, Erwin, die Flasche, würde überhaupt einen Ball treffen.

„Mann, der kickt ja Löcher in die Luft."

So schaute Erwin nur zu und träumte, er wäre Torschützenkönig. Da zuckten seine Beine und es konnte durchaus geschehen, dass er vor Begeisterung um sich trat. War er allein, übte er mit allem, was ihm vor die Füße kam: Konservenbüchsen, Zigarettenschachteln, Kartons, Bierdosen und Papierknäueln. Er machte der Stadtreinigung Konkurrenz und zerdrosch drei Paar Schuhe im Jahr.

„Pass ein bisschen auf, wo du hintrittst!", ermahnte ihn seine Mutter, die nichts von der Fußballleidenschaft ihres Sohnes wusste. Erwin redete nicht viel. Er hatte einfach Angst, sich doch nur lächerlich zu machen. Dabei wusste Erwin im Fußball Bescheid wie kaum ein anderer in seiner Klasse. Er kannte sogar die Schuhgröße von Franz Beckenbauer.

Erwin wohnte in der Meisenstraße. Von einem Ende bis zum anderen nur Hochhäuser, die nachts wie vieläugige Ungeheuer aussahen. Tagsüber waren die Augen Fenster: acht in jedem Stock. Aus einem dieser Fenster beobachtete Frau Gernegut mit einer standbildhaften Ausdauer alles, was in der Meisenstraße geschah. Sie hörte die Flöhe husten, das Gras wachsen und machte aus jeder Mücke einen Elefanten. Sonst hatte sie nichts zu tun. Sie nahm ihre Aufgabe sehr ernst und ihre Nase war schon ganz platt, weil sie immer an der Scheibe klebte.

Wieder einmal kickte Erwin eine Bierdose vor sich her. Plötzlich überkam es ihn. Er war im Stadion, die Zuschauer reckten die Hälse. Erwin stürmte los, blieb

stehen, nahm Maß und ballerte die Büchse gegen ein Fenster. Frau Gernegut hatte natürlich alles gesehen und noch ein bisschen mehr. Sie riss ihr Fenster auf und schrie. Andere Fenster öffneten sich und sehr bald wusste so ziemlich jeder in der Meisenstraße, dass Erwin eine Fensterscheibe zertrümmert hatte, eine Fensterscheibe im vierten Stock.

Erwin fürchtete ins Gefängnis gesteckt zu werden. Mit zitternden Knien schlich er nach Hause und erklärte seiner Mutter: „Ich geh jetzt für immer ins Bett."

Daraus wurde jedoch nichts, denn kaum hatte sich Erwin in sein Zimmer zurückgezogen, dessen Wände mit Postkarten aus Bayern, Sylt, Venedig und Mallorca überklebt waren, klingelte es. Frau Gernegut stürmte in die Wohnung und legte los.

„Stellen Sie sich vor!"

Erwin konnte sich nur zu gut vorstellen, welche Folgen sein Treffer haben würde. „Noch nicht einmal im Bett ist man sicher", sagte er sich und bereitete sich auf das ernste Wort vor, das seine Mutter mit ihm zu reden hatte.

Etwas Gutes jedoch brachte die Sache mit sich. Olle, der sich für den größten Fußballer der Meisenstraße und darüber hinaus hielt und mit Erwin in dieselbe Klasse ging, konnte sich nicht beruhigen, dass Erwin eine Bierdose in den vierten Stock befördert hatte.

„Das ist direkt eine Leistung", sagte er. Erwin war so an sein Pech gewöhnt, dass er das Lob überhörte. Er träumte nur noch: im Sitzen, im Gehen, in der Schule und sogar beim Essen. Am liebsten wäre er unsichtbar geworden.

Als Olle ihn ein paar Wochen später aufforderte, beim Schulsportfest in der Fußballmannschaft seiner Klasse mitzuspielen, glaubte er zuerst, man wolle ihn wie üblich auf den Arm nehmen. Aber Olle meinte es tatsächlich ernst. Knilch fiel wegen einer Blinddarmentzündung aus und Erwin, der immerhin Fenster im vierten Stock einzudreschen imstande war, schien Olle der beste Ersatz zu sein.

„Die Ehre der Klasse steht auf dem Spiel. Tritt nur nicht zu hoch!“

Am Morgen des großen Spiels gegen die Mannschaft der Parallelklasse konnte Erwin kaum einen Bissen hinunterkriegen und vor Aufregung vergaß er zu träumen. Eine halbe Stunde vor den anderen stand er schon auf dem Sportplatz und betrachtete versonnen den mattgrünen Rasen. Er fror. Als die anderen kamen, hatte er eine bläuliche Gänsehaut. Olle schlug ihm die Hand auf die Schulter.

„Alles klar, du bist linker Läufer und mach nur keinen Quatsch!“

In der ersten Spielhälfte lief Erwin wie ein aufgescheuchtes Huhn herum und die Zuschauer lachten ihn aus, als er einmal anstelle des Balls ein Stück Rasen in die Luft kickte. Olle schrie: „Flasche!“, und Erwin sehnte sich in sein Bett zurück. Da lag plötzlich der Ball vor seinen Füßen. Erwin stürmte los, umdribbelte zwei Gegner, sah den Tormann in die Hocke gehen, die Arme ausstrecken, zögerte einen Augenblick, schloss die Augen und drosch dann mit der ganzen Kraft seines linken Beins den Ball in Richtung Tor.

Erst als die Zuschauer „Tor“ brüllten, öffnete er die Augen wieder und sah, wie Olle vor Freude einen Handstand machte. Erwin wuchs um genau einen Zentimeter. Seine Mannschaftskameraden liefen auf ihn zu und umarmten ihn. Wie im Fernsehen. Einer schrie: „Mensch, Flasche, du bist ja gar keine Flasche. Wie hast du das nur gemacht?“

Sammy Drechsel

Elf Freunde müsst ihr sein

Am Tag des Spiels gegen die Spandauer Mannschaft gab Rektor Schulz in der ersten Stunde Deutschunterricht. Die Jungen ahnten nichts Gutes, als er gleich bei der ersten Aufgabe Klaus Mond an die Tafel holte. Das tat der Rektor immer, wenn er es für nötig erachtete, sich in Zorn zu steigern. Mond hatte zwar in letzter Zeit infolge seiner Anstrengungen ein paar Fortschritte zu verzeichnen, aber er gehörte doch nach wie vor zu den schwachen Schülern, und wenn er an der Tafel stand, machte ihn die Nähe des Lehrers so nervös, dass er auch noch das Wenige, was er wusste, vergaß.

So war es heute. Es nützte nichts, dass Plötz und Ritter ihm, sobald er sich umdrehte, riesige Zettel mit der richtigen Rechtschreibung hinhielten. Er machte einen Fehler nach dem anderen. Nach einem kurzen Blick verzichtete Rektor Schulz darauf, weiterzulesen.

„Du hast ja wieder einmal keine blasse Ahnung, alter Dummkopf. Das ist ja auch kein Wunder, wenn man sich von morgens bis abends auf dem Fußballplatz herumtreibt."

Er verpasste dem um einen Kopf größeren Mond eine schallende Ohrfeige.

„Geh auf deinen Platz!"

Heini flüsterte Matze zu: „Windstärke 10."

Rektor Schulz stieß mehrere Male mit dem Zeigestock auf seine Fußspitzen und merkte vor Erregung gar nicht, dass das mit weißer Kreide beschmierte Stockende auf seinen schön polierten Schuhen lauter Schandflecken hinterließ. Mit heiserer Stimme stieß er hervor: „Habt ihr mir nicht kürzlich etwas von einer Berliner Schulmeisterschaft erzählt?"

Niemand sagte etwas, denn die Jungen wussten aus Erfahrung, dass der Rektor seinen Zorn stets über das Haupt des Antwortenden allein ausschüttete.

„Ihr könnt euch wohl nicht mehr erinnern, was?", fragte Rektor Schulz. „Gut, dann werde ich eurem Ge-

dächtnis nachhelfen. Ihr habt nämlich gesagt, ‚wir werden Berliner Meister', so großspurig, dass ich es geglaubt habe. Was war der Lohn für meine Gutgläubigkeit? Man hat mich ausgelacht!"

Er steigerte sich immer mehr in Zorn.

„Jawohl, ausgelacht! Gestern war ich bei Herrn Stadtschulrat Schweitzer. Wisst ihr, was der gesagt hat? Die – damit hat er unsere Schule gemeint – werden es nie schaffen. Und dann hat er mir von eurer Blamage erzählt. Neunmal habt ihr gegen die Charlottenburger verloren! Und das unter dem Namen einer Schule, der ich vorstehe und die bisher nur lobend erwähnt wurde! Schämt ihr euch denn gar nicht?"

Völlig erschöpft wischte sich der Rektor den Schweiß von der Stirn.

Heini raffte allen Mut zusammen und erhob sich unaufgefordert.

„Das stimmt nicht ganz, Herr Rektor, wir haben am vergangenen Mittwoch gegen die Charlottenburger wohl verloren, aber nicht neunmal, sondern nur einmal. Der Herr Stadtschulrat wird die Tore mit den Spielen verwechselt haben. Wir haben nämlich das Spiel mit neun Toren verloren. Das ist zwar ein furchtbar schlechtes Ergebnis, aber noch keine endgültige Blamage. Es kommen ja noch einige Spiele, bei denen wir das wieder gutmachen können. Wir haben damals wirklich nicht übertrieben. Wir sind – wie versprochen – Wilmersdorfer Meister geworden und haben …"

„Augenblick mal“, unterbrach ihn Rektor Schulz, verließ sein Pult und stellte sich vor Heini auf. „Und was war bei dem Spiel gegen die Zehlendorfer? Habt ihr da nicht ebenfalls den Namen eurer Schule in den Schmutz gezogen?“

„Das haben wir nicht, Herr Rektor“, sagte Heini mit Überzeugung, „wir haben zwar 1:0 verloren. Aber mit Anstand. Bei den Zehlendorfern haben wir halt Pech gehabt. Und die Charlottenburger sind ganz ohne Zweifel besser als wir. Aber darum können wir trotzdem noch Berliner Meister werden, wenn …“

Rektor Schulz fiel ihm ein zweites Mal ins Wort.

„Wenn, wenn, wenn! Du kennst ja das Sprichwort: ‚Wenn das Wörtchen wenn nicht wär, wären wir alle schon Millionär!‘ Rede doch nicht so viel um den Brei herum. Ihr werdet nicht Meister. Das ist amtlich. Der

Schulrat hat es gesagt. Der versteht davon doch wohl mehr als ihr!"

„Aber doch nicht vom Fußball!" Das rutschte Heini heraus, ohne dass er es wollte. Dummerweise brachen seine Mitschüler auch noch in schallendes Gelächter aus.

Rektor Schulz holte mit der Hand aus. „Das war eine Beleidigung, Kamke. Das hast du nicht ungestraft gesagt!"

Wenn Rektor Schulz in Zorn geriet, bekam er leicht eine, wie die Jungen es nannten, „feuchte" Aussprache. Auch diesmal setzte ein kleiner Sprühregen ein. Matze, der sich vom Rektor nicht so genau beobachtet glaubte, holte sein Taschentuch hervor, um sich umständlich das Gesicht abzuwischen. Die Umsitzenden kicherten. Als Matze aber obendrein noch mit nicht misszuverstehender Gebärde das Taschentuch auswrang, verstärkte sich das Kichern zu hörbarem Lachen.

Rektor Schulz wandte sich um. Ehe Matze sich versah, landete die dritte Ohrfeige des Tages bei ihm. Dann kehrte der Rektor schwer atmend an sein Pult zurück.

Hänschen Ritter meldete sich beherzt zu Wort.

„Was willst du?", fragte Rektor Schulz. Seine Stimme klang auf einmal müde. Große Aufregungen bekamen ihm – der kurz vor seiner Pensionierung stand – nicht gut.

„Herr Rektor", begann Ritter, „Sie haben den Heini vorhin nicht ausreden lassen."

Rektor Schulz zuckte zusammen, erwiderte aber nichts. Er war jetzt zu abgespannt.

„Sie glauben", fuhr Ritter fort, „dass wir angegeben hätten, als wir damals von unseren Aussichten auf die Meisterschaft sprachen. Das ist aber nicht so, Heini hat schon Recht mit seinem ‚wenn'. Wenn nämlich heute Nachmittag unser ‚Team' das Spiel in Spandau gewinnt, sind wir nach menschlichem Ermessen Zweiter in unserer Gruppe und ziehen im nächsten Monat in die Vorschlussrunde ein. Das heißt, dass wir dann unter den letzten vier Berliner Schulen sind."

Rektor Schulz antwortete jetzt ganz ruhig.

„Ich finde es nett von dir, Hans, dass du die Fußballbrüder in Schutz nimmst. Aber ich habe die Nase voll. Mir klingt jetzt noch das Gelächter in den Ohren, in das die Rektoren der anderen Schulen ausbrachen, als ich sagte, ‚die 5. Wilmersdorfer Volksschule wird Berliner Meister'. Ich will nichts mehr von Fußball wissen."

Zum Zeichen, dass es ihm ernst war, forderte der Rektor Werner Plötz auf, ihm die Regeln für die Kommasetzung bei Haupt- und Nebensätzen vorzutragen. Dass er sich damit ausgerechnet an den Klassenbesten wandte, war ein Zeichen, dass er nun wieder seine Ruhe haben wollte. Nach kurzer Zeit lief der Unterricht wieder in den gewohnten Geleisen.

So traf die Jungen die Mitteilung, die Rektor Schulz sich bis zum Schluss der Stunde aufbewahrt hatte, völlig unerwartet. Er ordnete an, dass Heini Kamke und Matze

Krause zur Strafe für ihr schlechtes Betragen am Nachmittag von zwei bis vier Uhr nachsitzen sollten, um zu lernen, wie man sich richtig benimmt. Ebenso sollte Klaus Mond zu außerordentlichen Deutschübungen erscheinen.

Die Jungen waren starr vor Entsetzen. Der Beginn des Spandauer Spiels war auf Punkt vier Uhr festgelegt.

Hermann Hinze rannte zum Pult. „Bitte, bitte, Herr Rektor! Sie haben nicht an das Spiel gedacht. Verschieben Sie das Nachsitzen doch auf morgen."

„Kommt nicht infrage. Strafe muss sein!"

„Herr Rektor, dann sind Sie aber selbst daran schuld, wenn wir nicht Meister werden!"

„Das ist doch der Gipfel der Frechheit!" Rektor Schulz stand auf, stieß zornig seinen Stuhl zurück und verließ das Pult.

Von der Tür rief er: „ Der Hinze sitzt auch nach, verstanden!"

Er hinterließ eine vollkommen ratlose Klasse.

(...)

„Zehn Minuten nach vier Uhr! Jetzt müssen Sie aber anpfeifen! Andernfalls werden wir sicher nicht rechtzeitig fertig."

Obwohl der Schiedsrichter die Mannschaft sofort aufs Feld gebeten hatte, waren die Wilmersdorfer in ihren Kabinen hocken geblieben.

Das allerdings hatte nicht mehr sehr lange gedauert, denn der Schiedsrichter hatte nun das Manöver durchschaut und war persönlich in dem Umkleideraum erschienen. „Ich pfeife in einer Minute das Spiel an, wenn ihr bis dahin nicht angetreten seid, habt ihr kampflos verloren."

Und der arme Bernburg hatte die Bemerkung „Sorgen Sie bitte das nächste Mal rechtzeitig dafür, dass Ihre Jungen pünktlich fertig werden!" auch noch als Dank für seine Aufopferung hinnehmen müssen!

Als daraufhin nur sieben Spieler der Gästemannschaft auf das Spandauer Spielfeld gelaufen kamen, hatte das Gelächter unter den jugendlichen Zuschauern kein Ende nehmen wollen.

Das Sinnen und Trachten dieser sieben Spieler war jetzt, in den ersten Spielminuten, einzig und allein darauf gerichtet, ihre schwache Position wenigstens so weit zu halten, dass bis zum Eintreffen der vier Nachsitzer kein allzu katastrophaler und nicht wieder einzuholender Tore-Verlust vorlag.

Die sechs Feldspieler hatten sich vor Torwart Augustin in den eigenen Strafraum zurückgezogen. Sie versuchten erst gar nicht, das Spiel offen zu gestalten, sondern begnügten sich damit, die Spandauer Angriffe abzuwehren.

Immer wieder wanderten die Blicke der Feldspieler besorgt zu ihrem Torwart. Sie hofften inbrünstig, dass er wenigstens die einfachen Schüsse meistern würde. Aber gleich beim ersten Ball machte er eine derart unglückliche Figur, dass seinen Mitspielern der Atem stockte. Der zweite Schuss der Spandauer ging bereits ins Tor, ohne dass Augustin auch nur die geringste Andeutung einer Abwehrbewegung gemacht hatte. Es stand also kurz nach Beginn 1:0 für Spandau.

Auch Hänschen Ritter, der hinter dem Tor gespannt die Vorgänge verfolgte, schrak zusammen. Vorsichtig löste er sich von der Seite des neben ihm stehenden Bernburg, trat ein paar Schritte zurück, nestelte an seinem Anzug und warf schnell entschlossen Pullover und Hose ins Gras. Als sich Bernburg, durch die Bewegung aufmerksam geworden, umwandte, sah er zu seinem Erstaunen, dass Hänschen Ritter in seiner weißen Turnhose und einem blauen Oberhemd vor ihm stand.

Im gleichen Augenblick wurde Bernburg aber auch schon wieder von den Vorgängen auf dem Spielfeld gefangen genommen. Augustin hatte den zweiten harmlosen Ball ins Tor gelassen.

„Oh du lieber Augustin“, sagte Bernburg kopfschüttelnd zu Hänschen Ritter. „Alles ist hin.“

„Noch nicht ganz“, widersprach Hänschen, „ich habe nämlich Vorsorge getroffen. So eine sportliche Unterkleidung kann nie etwas schaden! Und man kann doch auch in Turnschuhen von Wilmersdorf nach Spandau fahren!“

Ehe Bernburg ein Veto einlegen konnte, rannte Ritter ins Spielfeld und meldete sich beim Schiedsrichter als achter Wilmersdorfer Spieler an.

„Der Augustin geht als rechter Verteidiger und ich ins Tor! Das kann meinem Knie gar nicht schaden!“, rief er ein paar Sekunden später, ans Tor zurückgekommen, Bernburg zu. Nun ging alles rasend schnell. Hänschen Ritter empfing von Augustin Mütze und Pullover, während Augustin im blauen Oberhemd in die Hintermannschaft einzog.

Jetzt sah die Sache schon besser aus. Es gelang dem frisch hereingekommenen Torwart, die nicht allzu gefährlichen Schüsse der Gegner unschädlich zu machen. Aber dass die Spandauer in der 23. Minute auf 3:0 erhöhten, konnte auch er nicht verhindern.

Der diesem Treffer folgende Torschrei war es dann, der Peters und die Jungen draußen vor dem Stadion-Eingang, wo sie soeben mit dem Taxi gelandet waren, sogleich ins Bild des Spielgeschehens setzte.

„Das war ein Tor für die Spandauer, sonst würden die Zuschauer nicht so schreien“, rief Heini und raste durch den Eingang. Hinze und Matze unmittelbar hinterher. Als Plötz und Mond Anstalten machen wollten, ihnen zu folgen, hielt Peters sie fest.

„Was macht ihr denn? Wollt ihr eure Sachen im Auto lassen? Oder dachtet ihr etwa, ich würde sie allein reinschleppen?"

Plötz packte Mond die vier Paar Straßenschuhe und die Hosen in die Arme. „Renn schon los, die brauchen dich ja! Ich komme mit dem Rest nach."

Peters, der inzwischen den Fahrer entlohnt hatte, meinte lachend: „Der Staneck hatte eine gute Nase. Ohne seine fünf Mark hätte ich wahrhaftig Schulden bei dem Taxi-Chauffeur machen müssen!"

Im Stadion, auf dem Spielfeld, hatten Heini, Matze und Hinze inzwischen die Gelegenheit eines Einwurfs benutzt, um sich beim Schiedsrichter anzumelden.

Hinze ging sofort ins Tor, während Heini und Matze den Sturm neu organisierten.

Unmittelbar danach trat Mond auf den Schiedsrichter zu. Als der von Monds Absicht, auch noch mitzuspielen, hörte, unterbrach er für einen Augenblick das Spiel und zählte die Wilmersdorfer ab. „Ihr seid schon vollzählig, mein Junge. Du wärest bereits der 12. Mann. Du musst leider draußen bleiben."

Mond sah verdutzt auf den Schiedsrichter. „Das gibt's doch gar nicht. Ich bin der Rechtsaußen."

„Hör mal, für eure Aufstellung bin ich schließlich nicht zuständig."

Der Schiedsrichter ließ weiterspielen.

Ratlos suchte Klaus Mond Turnlehrer Bernburg auf. Als er hörte, dass Hänschen Ritters kurzer Entschluss ihn um seine Mitwirkung im heutigen Spiel gebracht hatte, fiel es ihm schwer, seine Haltung zu bewahren. Aber tapfer sagte er sich, dass der Spielausgang wichtiger sei als seine Enttäuschung.

Auf dem Spielfeld war eine kleine Verwirrung entstanden. Während Ritter den Torwartposten für Hinze freigab und sich seinen Pullover auszog, erklärte er sein plötzliches Einspringen. Dieser Augenblick wurde von den Spandauern ausgenutzt und – obwohl das „Team" nun vollzählig war – musste es doch noch ein viertes Tor kassieren. Glücklicherweise blieb es bis zur Pause das

letzte, sodass die Seiten mit 4:0 für Spandau gewechselt wurden. Trotz des beinahe aussichtslosen Halbzeit-Ergebnisses versammelte sich das „Team“ in prächtiger Stimmung um Turnlehrer Bernburg. Die vier Nachzügler überboten sich in anschaulichen Berichten über ihre Haftzeit.

„Hört endlich auf damit!“, mahnte Bernburg. „Wir haben jetzt Wichtigeres zu besprechen. Wir müssen überlegen, in welcher Aufstellung wir nach der Pause antreten. Da wir während des Spiels nicht wechseln dürfen, ist Hänschen Ritter gezwungen, weiterzuspielen. Aber auf welchem Posten?“

„Zwei Torhüter können wir natürlich nicht gebrauchen“, sagte Hänschen Ritter lachend. „Dagegen wäre Monds Posten als Halbrechts zu besetzen!“

Er überlegte für einen kurzen Augenblick, dann gab er sich einen entschlossenen Ruck. „Am wohlsten fühle ich mich auf meinem alten Platz als Mittelläufer. Dann kann Gerd Hoffmann auf halbrechts und der alte Innensturm ist wieder zusammen.“

Bernburg sah ihn zweifelnd an.

„Wirklich, Herr Bernburg, mein Bein macht gar keine Schwierigkeiten“, versicherte Ritter. „Es wird schon nichts passieren. Ich verspreche ihnen, vorsichtig zu sein.“

Heini hakte sich vertraulich bei Ritter ein.

„Hoffentlich geht’s gut mit dir. Meinst du, dass wir noch fünf Tore gegen die Spandauer schießen können?“

„Ich glaube schon. Die haben nicht allzuviel auf dem Kasten. Guter Durchschnitt, mehr nicht. Andernfalls hätten sie mehr als drei Tore geschossen, bevor ihr ankamt.“

Die zweite Spielhälfte begann. Den Zuschauern erschien es, als hätten die Mannschaften nur die Trikots ausgewechselt. Spielten vorher die Roten nur auf das Tor der Blauen, so schossen nun die Wilmersdorfer ununterbrochen auf das Spandauer Tor.

Matze, Heini und Hoffmann spielten wie in ihren besten Tagen. Die Spandauer Hintermannschaft musste alles aufwenden, um die ersten Minuten der zweiten Halbzeit gegentorlos zu überstehen.

„Ich glaube, das ‚Team‘ hat ihnen viel zu verdanken“, sagte Bernburg zu Peters, der sich neben dem Turnlehrer hinter Hinzes Tor eingefunden hatte.

„Nicht der Rede wert, Herr Bernburg. Wichtiger ist, dass die Jungen heute nicht wieder in Schönheit sterben. Was bedeutet die höchste Spielkultur, wenn keine Tore fallen? Brotlose Kunst!“

Im Augenblick aber waren Peters’ Befürchtungen überflüssig. Die Wilmersdorfer Stürmer schossen aus allen Rohren. Innerhalb der nächsten fünf Minuten holten Heini und Matze zwei Tore auf. Als Heini feststellte, dass die Spandauer nach dem 4:2 ihre Abwehr verstärkten, rief er wieder einmal sein bekanntes „Klein-Klein“ über den Platz. Dem folgte ein herrliches Innensturmspiel zwischen Hoffmann, Heini und Matze. Dennoch

fiel das dritte Tor nicht durch sie, sondern durch Hänschen Ritter, der plötzlich im Sturm auftauchte und aus zehn Metern einen Pass von Heini unhaltbar einschoss.

„Prima, Hänschen, das war dein Einstand. Nun musst du aber wieder schön artig hinten bleiben“, rief Heini.

Den 4:4-Ausgleichstreffer schoss Heini nach schönem Alleingang, und das 5:4-Führungstor gelang Hoffmann durch einen einzigartigen Fallrückzieher. Jetzt klatschten sogar die Spandauer Zuschauer Beifall.

Heini rannte zu Bernburg: „Wie lange ist noch zu spielen?“

„Zehn Minuten noch“, lautete die Antwort. „Macht weiter so! Denkt an das Torverhältnis!“

So einfach war das zwar nicht, denn die Spandauer versuchten nun durch einen tollen Endspurt den Karren herumzureißen. Glücklicherweise war Hinze in einer derartigen Hochform, dass er allen Bällen den Eintritt in sein Tor verwehrte. Die große Überraschung aber bot Hänschen Ritter, der trotz des langen Aussetzens eine fehlerfreie Mittelläuferpartie spielte. So verpuffte der Spandauer Endspurt, und im Gegenzug erzielte Heini aufgrund der guten Zusammenarbeit mit Matze und Hoffmann zwei weitere Tore. Beim Spielende stand es 7:4 für das „Team“.

„Das 7:4 ist ja das reinste Handball-Ergebnis!“

„Ihr müsst öfter nachsitzen, dann fallen wenigstens Tore!“

Klaus Mond und Werner Plötz hörten nicht auf, die Kameraden zu bewundern.

Heini sprang auf den Tisch.

„Sieben Tore haben wir geschossen – “

Sofort fiel das „Team“ in das bekannte Fußball-Lied ein:

„Vier haben wir reingekriegt!
Wir haben die Ehr gerettet,
verloren haben wir nicht.“

Sie hörten erst auf, als sie das Lied mindestens zwanzigmal gesungen hatten.

Bernburg und Peters ließen es sich nicht nehmen, das „Team“ auf der Heimfahrt zu begleiten.

„Ich glaube“, sagte Bernburg, nachdem sich der Begeisterungssturm etwas gelegt hatte, „dass der Erfolg der zweiten Halbzeit nicht nur das Ergebnis eures eisernen Willens, sondern auch eine Folge der richtigen Sturm-Zusammensetzung war. Die Ursache für eure Versager in den letzten Spielen liegt meiner Meinung nach in erster Linie darin, dass Hoffmann uns im Sturm gefehlt hat. Mit anderen Worten, unser Glück wäre ein gesunder Hans Ritter für den Mittelläuferposten, der Hoffmann wieder für den Sturm freimachte.“

„Ich bin bestimmt wieder gesund!“, bekräftigte Ritter voller Freude.

„Nicht so voreilig“, mahnte Bernburg. „Das kann nur dein Arzt entscheiden. Dummheiten werden nicht gemacht!“

„Red mal deinem Arzt gut zu, Hänschen“, meinte Hoffmann, „ich möchte gern mal wieder ein paar Tore schießen.“

Hänschen Ritter beendete vorläufig das Thema: „Zunächst einmal freue ich mich auf die Augen, die Rektor Schulz morgen machen wird, wenn er erfährt, dass wir heute gewonnen haben und die wichtigsten Tore von seinen Nachsitzern geschossen wurden!“

„Um Gottes willen!“, mahnte Peters aufgeregt. „Das werdet ihr schön bleiben lassen. Lasst in Gegenwart des Rektors kein Sterbenswörtchen vom Fußball fallen. Sonst muss beim nächsten Spiel am Mittwoch die ganze Klasse nachsitzen.“

Das leuchtete auch den Jungen ein. Unter solchen Aussichten verzichteten sie gerne darauf, ihren Triumph beim Rektor auszuspielen.

Quellenverzeichnis

S. 7 Klaus Kordon, „Das große Spiel“; aus: „Brüder wie Freunde“. © 1978/1992 Beltz & Gelberg in der Verlagsgruppe Beltz, Weinheim & Basel.

S. 21 Manfred Mai, „Eine Klasse im Fußballfieber“; aus: „Eine Klasse im Fußballfieber“. © 2003 Ravensburger Buchverlag.

S. 28 Wolfgang Brenneisen, „Fußball im Klassenzimmer“; aus: „Fußball im Klassenzimmer“. © 1995 Arena Verlag GmbH, Würzburg.

S. 34 Kirsten Boie, „Lena hat nur Fußball im Kopf“; aus: „Lena hat nur Fußball im Kopf“. © Verlag Friedrich Oetinger, Hamburg.

S. 41 Christian Tielmann, „Anpfiff für die Superkicker“; aus: „Anpfiff für die Superkicker“, erschienen 2004 bei Omnibus. © C. Bertelsmann Jugendbuch Verlag, München, einem Unternehmen der Verlagsgruppe Random House GmbH.

S. 55 Christine Nöstlinger, „Fußballgeschichten vom Franz“; aus: „Fußballgeschichten vom Franz“. © Verlag Friedrich Oetinger, Hamburg.

S. 66 Christian Bienek, „Die Tränerin“; aus: „Das Millionenspiel“. © 1996 Arena Verlag GmbH, Würzburg.

S. 76 Thomas Fuchs, „Die Profikicker"; aus: „Die Profikicker". © 2002 Arena Verlag GmbH, Würzburg.

S. 90 Ulli Schubert, „Pokalfieber". © Ulli Schubert, Hamburg.

S. 104 Günther Huth, „Die Profis von der Fußballschule"; aus: „Die Profis von der Fußballschule". © 2002 Loewe Verlag GmbH, Bindlach.

S. 123 Klas E. Everwyn, „Die Stunde des Superstars". © Klas E. Everwyn, Monheim.

S. 132 Uwe Timm, „Maskottchen Rudi Rüssel", aus: „Rennschwein Rudi Rüssel". © 2002 Nagel & Kimche im Carl Hanser Verlag, München-Wien.

S. 141 Volkmar Röhrig, „Wie ich mir einen Fußball kaufen wollte"; aus: „Sieg für Tommy". © 2002 Arena Verlag GmbH, Würzburg.

S. 151 Dietlof Reiche, „Der Fußball ist weg". © Dietlof Reiche, Hamburg.

S. 166 Herbert Heckmann, „Tor!". Die Rechteinhaber konnten leider nicht ermittelt werden und sind aufgefordert, sich gegebenenfalls beim Verlag zu melden.

S. 174 Sammy Drechsel, „Elf Freunde müsst ihr sein"; aus: „Elf Freunde müsst ihr sein". © 1955 by Thienemann Verlag (Thienemann Verlag GmbH), Stuttgart-Wien.